Hardy von Arendes

Das zweite Leben des Herrn von Goethe

Die wundersame Reise des Herrn von Goethe

Die Deutsche Bibliothek verzeichnet diese Publikation der Deutschen Nationalbibliografie; detaillierte bibliografische Daten sind im Internet über http: // dnb.ddb.de abrufbar

2. überarbeitete Auflage.
  Ursprünglich „Guten Morgen; Herr von Goethe"

Herstellung und Verlag:
BoD - Books on Demand, Norderstedt
ISBN 978-3-7386-4006-9

3

4

Unmöglich ist's, dem Tag dem Tag zu zeigen,
Der nur Verworrenes im Verworrenen spiegelt,
Und jeder selbst sich fühlt als recht und eigen,
Statt sich zu zügeln, nur am andern zügelt,
Da ist's den Lippen besser, daß sie schweigen,
Indes der Geist sich fort und fort beflügelt.
Aus Gestern wird nicht Heute; doch Äonen,
Sie werden wechselnd sinken, werden thronen.
      Goethe,   Heute und ewig

1

Es war der 30. Oktober 1775. In Frankfurt, der freien Reichsstadt, war wieder ein letzter schöner sommerlicher Oktobertag. Und vor dem Haus am Großen Hirschgraben stand eine Equipage.

Johann Wolfgang Goethe hatte mit Ungeduld eine Depesche erwartet, da aber keine Post von dort eintraf, war er vom Vater überredet worden, seine schon lang geplante Bildungsreise nach Italien anzutreten.

Nun war er schon einer der bekanntesten Autoren in Deutschland. Schon hatte er den Götz von Berlichingen und die Leiden des jungen Werthers verfasst.

Zwar war er selbst nicht reich dadurch geworden, dass er seine Bücher selbst verlegt hatte; denn die Verleger hatten den Raubritter geraubt und schändlicherweise, ohne erst den Autor zu fragen, natürlich selbst verlegt.

So wurde er zwar schnell bekannt und durch den Werther berühmt; allein er blieb auf seinen Büchern sitzen und hatte nur das Nachsehen. Sein Werther deckte gerade das Defizit seines ersten Erfolges.

Auch fühlte er sich unbehaglich in seiner Geburtsstadt. Musste er nicht hinaus; wollte er nicht Italien sehen?

Schon sein Vater schwärmte von Italien. Man müsse, so sagte er, erst Paris sehen und dann Italien, denn Italien lässt den, der einmal dort war nicht wieder los, ja, sein ganzes Leben nicht. Und dem jungen Goethe gehen die Gedanken wieder und immer wieder durch den Kopf. Auch er wollte Italien sehen; dort wollte er studieren.

Ziemlich lustlos betrieb er seine Anwaltspraxis, in der er es immerhin auf 28 Prozesse brachte, und seinem Vater zu einer Beschäftigung verhalf. Aber auf Dauer konnte und wollte er nicht in Frankfurt bleiben.

Und so löste er seine Verlobung mit Lili Schönemann, die er in einigen Tagen nicht mehr sehen sollte - nur noch Gedichte sollten daran erinnern.

Er erinnerte sich wieder an *sein* Sesenheim; er erinnerte sich wieder an Friederike Brion; er erinnerte sich nochmals an Charlotte Buff; der Lotte, der er in seinem Werther ein Denkmal gesetzt hatte.

Und das lag nun schon so lange hinter ihm.

Wo lag nun sein Sesenheim? Wo, ahnte er es?

Ja, war es nicht eine ahnungsvolle Flucht, die er da beging? Oder war es auch nur eine Reise von vielen Reisen, bei der er sich neu gebären wollte?

Immerhin - Goethe war noch jung. Er wollte sich bilden, wollte etwas sehen. Und gerade Italien bot sich ihm zur rechten Zeit an.

Endlich war der große Tag der Abreise gekommen.

Noch einmal lief Goethe in sein Vaterhaus zurück, in dem er 26 Jahre seines Lebens verbracht hatte, um sich nun von seinen Eltern und seiner geliebten Schwester Cornelia zu verabschieden.

Hatte er nicht mit Cornelia, die nun ja auch schon verheiratet war, in so mancher Abendstunde, bei Kerzenlicht, den Messias von Klopstock vorgelesen? Und nun sollte das für immer vorbei sein, für immer? Nein, dachte er, es kann nicht sein, nichts kann vorbei sein, denn es wird sich alles eines Tages wieder ganz neu gebären, irgendwie, irgendwo und irgendwann; und währenddessen küsste er seine Schwester auf die Wange.

Und in Gedanken begann es sich zu regen und er suchte nach einem Zettelchen; aber fand kein Stück Papier. Da gab man ihm, nachdem er gesagt hatte, was er brauchte, Papier und Stift. Er schrieb etwas nieder, signierte den Zettel und steckte ihn in seine Tasche.

Er stieg in die Equipage, während Cornelia aus dem Fenster schaute und sein Vater unter der Haustür stand. Ja, selbst Opa Textor ließ es sich nicht nehmen seinem Enkel ein Lebwohl zu sagen. Die Mutter küsste ihn zum letzten Mal auf die Stirn. Aus Goethes Augen rannen Tränen. Ahnte er vielleicht schon, dass es doch eine Flucht sein würde.

Noch einmal lief Cornelia aus dem Haus und noch einmal reichte sie ihre zarten Hände dem schon längst berühmten Bruder zum letzten Abschied.

„Cornelia", sagte Goethe leis, „wenn wir uns auch nicht wiedersehen sollten, ich werde immer an dich denken!"

Die Schwester sah den Bruder an und er streichelte ihr noch einmal über das Haar, daraufhin lächelte sie.

„Ist alles bereit?", fragte der Vater.

„Ja!", sagte der Kutscher von seinem Bock herab.

„Nun, mein lieber Sohn", wandte sich der Vater an den Sohn, „jetzt fährst du. Und sollte wider Erwarten die Depesche aus Weimar doch noch eintreffen, so werde ich sie dir nachsenden!"

„Hoffentlich kommt sie nicht, wenn ich bereits ganz in Italien bin. Wenn sie noch rechtzeitig kommen sollte und ich bin nicht so weit entfernt, dann schicke sie mir bitte nach!"

Aber nun half nichts mehr und auf Goethes Geheiß rollte die Equipage aus dem Tor und aus Frankfurt heraus.

Die Familie Goethe sah dem Gefährt nach, das von Staubwolken zugedeckt wurde.

2

Nun fuhr er dahin. Sein Ziel war Italien. Und auf den staubigen Landstraßen rollte das Gefährt über Stock und Stein.

So wurde er erst einmal kräftig durchgeschüttelt und bald darauf erreichte sie Heidelberg.

„Kann Er im nächsten Gasthof halten?", fragte Goethe den Kutscher.

„Gewiss doch, Monsieur!", war die einzige Antwort.

„Dann halte Er auch dort."

Und die Equipage rollte weiter dahin, bis sich

bald in der Ferne ein Gasthof zu nähern schien.

„Will Er da halten, Monsieur Goethe?"

„Natürlich, es wird langsam Abend!"

Der Kutscher zog an seinen Zügeln und in einer kurzen, raschen Fahrt rollte die Equipage auf den Hof vor dem Gasthaus.

Vor dem Gasthaus stand eine Linde und um sie herum war eine Bank gezimmert

Der Kutscher sprang vom Bock herab und öffnete den Wagenschlag. Goethe stieg aus.

Der Wirt, der das Gefährt schon aus der Ferne hatte hören und kommen sehen, begrüßte nun den ankommenden Gast höflich; und freute sich auch, als er hörte, wer sein Gast war, und bat ihn mit einem tiefen Bückling in sein Gasthaus hinein.

Die Wirtsstube war sehr gemütlich eingerichtet; dem Geschmack der damaligen Zeit angepasst.

„Hat Er ein Zimmer frei für die Nacht?", fragte Goethe den Wirt, der noch immer um ihn herumschwänzelte.

„Für solch einen Gast wie Er einer ist, habe ich immer noch ein Zimmer!"

In dem gleichen Moment trat die Tochter des Wirtes in das Zimmer. Sie sah sich erstaunt um. Aber schon sagte der Vater zur ihr: „Mädchen, richte oben das Zimmer her!"

„Können die Pferde auch untergestellt werden?", fragte Goethe weiter.

„Ganz der Ihnen ergebene Diener!" Und der Wirt antwortete mit einer tiefen Verbeugung. Und wie auf ein Stichwort kam gerade der Knecht des Hauses in die Gaststube. Zu diesem sagte der Wirt: „Bringe die Pferde von Monsieur Goethe in den Stall und vergiss sie nicht zu füttern!"

Der Knecht nickte stumm und verließ das Zimmer.

„Kann Er auch meinem Knecht ein Zimmer geben?", wollte Goethe noch wissen."

„Ja, natürlich."

„Gut. Dann werde ich mir vor dem Abendbrot noch ein bisschen die Beine vertreten!"

„Wann ist der hohe Herr wieder zurück?" fragte der Wirt.

„In einer guten Stunde!", antwortete Goethe. „Und bringe Er mir das Abendbrot dann auf mein Zimmer!" Dann wandte sich der Dichter an seinen Kutscher. „Bis acht Uhr morgens braucht Er mich nicht zu suchen; um neun werden wir dann weiterfahren!"

Goethe trat ins Freie.

Als er dann nach einer Stunde wiederkam, sah

er dass sein Kutscher noch bei einem Schoppen Wein saß.

„Will Monsieur Goethe sich denn nicht wecken lassen?", fragte jener.

„Nein", antwortete Goethe, „ich werde schon wach sein."

Nun schritt er die Stufen hinauf; die Treppe knarrte bei jedem Schritt.

„Es ist das rechte Zimmer!", schrie der Wirt noch hinauf.

Als er nun im Zimmer stand, legte er erst einmal seine staubige Kleidung beiseite, wusch sich und speiste dann.

Als die Tochter des Wirtes die leeren Schüsseln weggetragen hatte, fiel ihm noch ein lustiger Vierzeiler ein. Doch wo nur hinschreiben? Kurz entschlossen sprang er auf, nahm eine Feder, tauchte sie in ein Tintenfass, und schrieb folgende Worte an die Wand:

Ich liebe mir den heitern Mann
Am meisten unter meinen Gästen:
Wer sich nicht selbst zum besten haben kann,
Der ist gewiß nicht von den Besten.

Goethe, Meine Wahl

3

Um acht Uhr stand Goethe auf. Und als er wieder die alte, knarrende Treppe herunterkam, saß sein Kutscher bei einer duftenden Tasse Kaffee.

„Guten Morgen. Hat Er schon gespeist?", fragte Goethe. Dann rief er den Wirt herbei.

„Ist alles zur Abfahrt bereit?"

„O ja, hoher Herr!", antwortete der Wirt wieder mit einer tiefen Verbeugung.

„Ich bin ein gar nicht so ein hoher Herr!'", lächelte er. „Auch ich bin nur ein Mensch!"

„Ja, ja, aber was für einer!", entgegnete ihm der Wirt. „Hat Er sich bei uns wohlgefühlt?"

„Habe ich, habe ich!"

„Hast Du das gehört?", fragte der Wirt seine Tochter.

Dann begleitete er ihn zum Hof hinaus, wo inzwischen die Pferde vor die Equipage gespannt wurden. Dann trat der Kutscher aus dem Gastzimmer, bestieg den Bock. Der Wirt öffnete den Wagenschlag. Goethe nickte und stieg ein.

„Vielleicht sieht Er doch einmal wieder vorbei!" meinte der Wirt zum Schluss.

Aber Goethe gab den Befehl zum Abfahren. Die Equipage rollte davon. Noch eine ganze Weile sahen der Wirt und die Tochter dem Gefährt nach.

Während dieser Zeit näherte sich ein einsamer Reiter im schnellen Galopp von der anderen Seite. Er zügelt sein Pferd, brachte es vor dem Wirt zum Stehen.

„Entschuldigung", sagte der Reiter, der in ein rotes Wams gekleidet war, „weiß Er, ob Monsieur Goethe hier vorbeigekommen ist?"

„Ja", antwortete der Wirt. „Er hat sogar hier übernachtet. Gerade eben ist er abgefahren!"

„Dann kann ich ihn wohl noch erreichen!" und der Reiter sprengte davon.

Inzwischen war Goethe mit seiner Equipage schon ein Stück weiter gekommen. Es ging immer noch über Stock und Stein.

Der Depeschenreiter, denn um einen solchen handelte es sich, sah auch nach einiger Zeit die Equipage vor sich herfahren. In einem kurzen, schnellen Ritt erreichte er sie und ritt neben ihr her.

"Fährt hier Monsieur Goethe?", fragte er den Kutscher, der den Ankömmling von oben musterte.

Goethe, durch den Lärm, der draußen vor sich

ging, neugierig geworden, streckte Kopf aus der Equipage heraus. „Was gibt es denn hier?", wollte er wissen.

„Eine Depesche aus Weimar an den hohen Herrn!", sagte der Reiter und reichte ihm die Depesche, die er aus der Satteltasche gezogen hatte, durch das Fenster.

Goethe bedankte sich mit einem Taler.

Nun hatte er die lang ersehnte Nachricht aus Weimar in der Hand und voller Ungeduld öffnete er den Brief, der das Siegel des Fürstentumes trug.

Ja, man hätte doch noch ein oder zwei Tage warten sollen in Frankfurt; die ganze Eile für die Fahrt nach Italien war umsonst gewesen.

„Hallo!", rief er dem Kutscher heraus. „Wir kehren um! Wir werden nach Weimar fahren!"

„Nach Weimar?", fragte der Kutscher ungläubig, der schon gehofft hatte, auch einmal Rom zu sehen, und nun enttäuscht wurde. „Fährt er denn nicht mehr nach Italien?"

„Nein, nein", freute sich Goethe, „wir werden nach Weimar fahren!"

Der Kutscher ließ halten und auf derselben Straße, auf der sie gekommen waren, fuhren sie dem neuen Ziel entgegen. Denn von nun an war Weimar das Ziel: die kleine Residenzstadt mit dem ländlichen Charakter, auf deren Hauptstraßen noch die Schweine im Herzen Thüringens ihre Promenaden abhalten.

4

Und ohne eine Rast einzulegen fuhren sie immer weiter nach Osten. Er, Goethe, musste durch Deutschland reisen, durch ein Land, das durch Länder und Fürstentümer in sich selbst zerrissen und gespalten war.

Und so fuhr er also dahin.

Auch der Kutscher sagte zu ihm, dass es nun so weit nicht mehr sei; ein paar Tage noch.

Doch noch verging eine Nacht, die sie wiederum in einem Gasthaus zubrachten.

Am anderen Morgen war es neblig, ein rechter Novembertag, und die Pferde wollten auch nicht so recht; so, als würden sie etwas ahnen.

Und in der frühen Morgenstunde wurde der Nebel immer dichter und auch am Vormittag; nun muss der Kutscher immer vorsichtiger seine Fahrt gestalten. Man wusste halt nie, wann das nächste Schlagloch kam. Es sind schon ganze Equipagen in den tiefen Löchern auf den Landstraßen ersoffen.

Goethe saß derweil in der Equipage und döste vor sich hin.

Je weiter sie fuhren, desto dichter wurde der Nebel, ja, er wurde sogar so dicht, dass man die berühmte Hand nicht mehr vor Augen sehen konnte. Aber bald würde die Sonne steigen und dann würde sich der Nebel lichten.

Aber es würde sie eine unangenehme Überraschung erwarten.

5

Noch immer fuhren sie durch den Nebel.

Allein der Kutscher wunderte sich, warum sich alles so leicht und flüssig fuhr. Ihn wunderte es sehr; denn es gab keine Schlaglöcher mehr. Lagen keine Steine mehr auf der Straße? Und überhaupt, was ist eben an mir vorbeigehuscht, so dachte er. Für ihn mochte es ja ein seltsam anmutendes Gefährt gewesen sein. Ja, ja, dem Kutscher wurde schon etwas unheimlich zumute.

Da hinten musste doch etwas sein? Allein, was war es nur. Nun wollte der Kutscher halten und Goethe wecken; aber wie unter einem Zwang wagte er es nicht.

Nun wurde Goethe unruhig und schaute nach draußen; aber sah auch nur das, was der Kutscher schon sah: die tristen, trüben grauen Nebelschleier.

Doch der stärkste Nebel wird einmal durchbrochen.

Nun sah Goethe erstaunt nach draußen.

Denn was er jetzt zu sehen bekam, das hatte er noch nie gesehen, noch niemals! Ja, was war denn das nur? Er sah einen Wagen vorbeifahren, ohne Pferde. Er sah viele dieser seltsamen Ungetüme an sich vorbeifahren: große und kleine, schnelle und etwas langsamere; Personenkraftwagen, Motorräder, Lastkraftwagen. Denn Goethe rollte samt seiner Equipage auf der Autobahn dahin.

Die Pferde trabten auf dem Asphalt entlang, und hinter dem Kutscher begann ein furchtbares Hupkonzert all der Wagen, die sich hinter der Equipage gestaut hatten; dadurch wurden die Pferde scheu und gingen durch; doch dank der Künste des Kutschers geschah nichts. Er brachte die Equipage zum Stehen.

Die Autos, die nun einen Stau hinter der Equipage verursachten, die, wie es schien, direkt aus dem Museum gekommen sein musste, blieben alle stehen.

Schon stiegen die ersten Autofahrer aus ihren Wagen und gingen fluchend auf die Equipage zu.

Goethe öffnete den Wagenschlag und stieg aus.

„Was machen Sie denn hier auf der Autobahn! Wissen Sie denn nicht, dass das verboten ist?", polterte auch schon der Erste drauflos.

„Was sagt Er da: Autobahn? Was ist eine Autobahn?", wollte Goethe nun eine Erklärung von dem Mann erhalten.

„Hört Euch das an!", wandte sich der Autofahrer an die ankommenden Menschen. „Woher kommt überhaupt dieser komische Kauz mit seiner uralten, aus Großmutters Zeiten gestohlenen Kleidung. Vielleicht vom Film?" Nun wandte er sich an Goethe und sagte zu ihm: „Mein Herr, wenn Sie hier einen Film drehen wollen, dann sind Sie hier falsch."

Alle lachten.

„Was ist das denn schon wieder: ein Film? Und so glaubt mir doch, dass ich nichts getan habe; und dass ich nicht weiß, was ich hier soll. Und weiß Er denn, wen er vor sich hat?" fragte Goethe.

„Nun mein lieber Herr, wer sind Sie denn?", fragte ein etwas älterer Autofahrer, der ein wenig jünger war als der Erste und die Sache mehr ironisch nahm.

„Ich bin Johann Wolfgang Goethe!"

„Goethe! G O E T H E! Wenn der da Goethe sein will", lachte ein Dritter „dann bin ich ab sofort Cäsar, der große Römer. Hahaha!"

Und nun begann erst recht ein schallendes Gelächter, das sich über alle Anwesenden ergoss, die in der Nähe standen.

„Aber so glaube Er mir doch, ich bin Goethe! Vor einem Jahr habe ich die Leiden des jungen Werthers geschrieben!"

„Hört euch das an! Jetzt will er auch die Leiden des jungen Werthers ge schrieben haben!", lachte noch jemand aus der Menge. „Der ist mit dem Leiden, das er hat, nämlich den Leiden des großen Goethe, reif geworden wie ein fauler Apfel für die nächstgelegene Klapsmühle!"

Goethe, der nicht wusste, wie ihm geschah, sah wohl ein, dass hier etwas nicht stimmen konnte. Aber wie hätte er auch wissen sollen, wo er sich befand.

„Sie müssen hier herunter!", sagte ein älterer Herr bedächtig.

„Wo geht es denn hier herunter?", fragte nun der Kutscher, der noch immer auf dem Bock saß, sich nicht wohlfühlend in seiner Haut.

„Das erste vernünftige Wort!", hörte man aus

der Menge rufen.

Während dieser Gespräche näherte sich von Ferne ein Punkt am Horizont, der immer größer wurde und sich endlich als ein Helikopter der Verkehrswacht zeigte.

Goethe hörte das Rotieren der Flügel und sah hinauf. Schließlich sprach er einen Mann an: "Was ist das?"

„Hört ihr´s Leute! Der weiß nicht einmal, was das ist. Kennt doch heute jedes Kind. Wirklich wahr, der kann nur reif für die Klapsmühle sein!"

Und wieder lachten alle.

„Mein Herr, ein Helikopter ist's!", fand sich jemand bereit, Auskunft zu geben.

„Ein Helikopter? Will Er mir bitte deutlicher erklären, was nun ein Helikopter ist?", fragte Goethe unsicher.

„Da ist wirklich ein klarer   Fall von einem Verrückten!", hörte man wieder aus der Menge laut rufen. „Hoffentlich kommt bald die Polizei und holt ihn ab!"

Dem stimmten alle lauthals zu.

Der Hubschrauber meldete die besondere Lage an die Zentrale und von dort aus wurde dann eine Streife auf den Weg geschickt, die Lage zu entwirren.

Mit Blaulicht und Martinshorn kamen sie dann auch durch den Stau. Stiegen aus dem Wagen aus, gingen auf die Equipage zu, tippten an ihre Mützen und redeten Goethe an: „Dürfen wir mal Ihre Papiere sehen?"

„Was für Papiere denn?", fragte Goethe, nun seinerseits mächtig erstaunt.

"Wir bitten um Ihren Personalausweis, bitte!", sagte der kleinere und fülligere Polizist.

„Personalausweis, was soll denn das sein?"

„Sie müssen doch wenigstens etwas haben, womit Sie sich legitimieren und uns beweisen können, wer Sie sind, Mann!"

„Wenn Er dieses sehen will!", sagte Goethe und reichte ihm einige Papiere hinüber. Der etwas größere und schlankere Polizist nahm sie entgegen. Die beiden Polizisten sahen so aus, als wären sie gerade einem Kin- topp-Film entstiegen. Der Polizist sah auf die Papiere und stutzte.

„Das kann es doch gar nicht geben!"

„He, sag mal, was kann es nicht geben?", fragte der kleinere Polizist und reichte sie seinem Kollegen.

„Nein!", sagte der andere ebenso verblüfft und wandte sich an Goethe: „Wie heißen Sie also?"

Goethe sah ihn an und sagte kein Wort.

„Wie Sie heißen möchte ich wissen?", wurde die Frage wiederholt.

Wieder sagte Goethe kein Wort.

„Ich möchte endlich wissen, wie Sie heißen. Ich verkörpere hier den Staat und Sie müssen auf meine Fragen wahrheitsgemäß antworten!"

„Ach so", antwortete Goethe, "ich wusste ja nicht, dass Er noch nicht lesen kann. Darf ich ihnen beim Buchstabieren behilflich sein?"

„Nein, so eine Frechheit ist mir noch nicht untergekommen!"

Die Autofahrer schmunzelten.

„Na gut", erwiderte Goethe, „wenn Er so sehr Wert darauf legt, dann kann ich ihm ja sagen, dass mein Name Johann Wolfgang Goethe ist."

Der Polizist, der die Papiere noch in der Hand hielt, stimmte dem zu: „Ja, die Papiere mögen stimmen, aber nicht der Mann. Ein Bild ist auch nicht vorhanden. Ganz bestimmt ist dieser ein Schwindler; vielleicht hat er auch noch mehr auf dem Kerbholz. Denn das Datum dieses Dokumentes lautet einwandfrei auf den 28. August 1749!"

„Zeige doch noch einmal her!", forderte ihn der Schlanke auf. Und nachdem er die Papiere geprüft hatte, sah er gleichfalls die unmögliche Unmöglichkeit.

„Und nun, was jetzt?", antwortete der Dicke.

„Warum sollen wir uns die Köpfe zerbrechen. Fragen wir doch in der Zentrale nach, die weiß doch immer weiter!"

„Glaubt Er denn nun wirklich, dass ich Goethe bin!", sagte der Dichter verbittert.

„Hahaha, Sie können uns ja reichlich viel erzählen, aber für dumm lassen wir uns nicht verkaufen. Ich gebe ihnen den kostenlosen Rat: Bitte verschonen Sie uns und auch andere mit ihrem berühmten Märchen vom großen Goethe, der Sie sein wollen!" entgegnete der Dicke.

"Aber ich kann doch nun weiterfahren; denn ich muss nach Weimar, in das Fürstentum ..."

„Aber nicht mit diesem Ungetüm!", unterbrach ihn der Schlanke. „Und auch nicht nach Weimar. Sondern Sie kommen mit uns. Außerdem muss diese verdammte Kutsche nun langsam von der Autobahn herunter, und zwar schnellstens!"

Nach wenigen Minuten hatte der schlanke Polizist bei der Zentrale nach gefragt und die Beamten dort glaubten natürlich auch nicht das Märchen vom großen Goethe, das er als einfach nicht zu glaubende Meldung durchgab. Und die Polizisten in der Zentrale witzelten leicht ironisch, ob er und auch der andere, der imaginäre Goethe, vielleicht Witzbolde seien.

Dann gab man ihnen den Befehl, die Autobahn wieder frei zu machen. Und diesen aus den Fugen der Zeit geratenen Zeitgenossen, diesen vermaledeiten Goethe, den sollten sie gleich mitbringen.

„So!", sagte der Schlanke, als er sein Handy vom Ohr nahm. „Wir werden jetzt vor Ihnen herfahren, bis zur nächsten Station unserer Autobahnpolizei. Dann werden wir weitersehen."

Nun wollte Goethe in seine Equipage einsteigen.

„Nein, Sie, Herr Goethe, werden in unserem Wagen Platz nehmen!" Der Polizist betonte das Wort Goethe so eigenartig.

Da blieb dem Dichter wirklich nichts übrig, als in den Streifenwagen einzusteigen.

Die Fahrt dauerte nicht lange. Bereits nach einigen Kilometern erreichten sie die Abfahrt. Goethe wurde in das Gebäude gebracht.

Das Gefährt, das wahrscheinlich aus einem Museum gestohlen war, wie die Polizei vermutete, wurde erst einmal auf den Hof abgestellt. Später ließ man es nach Frankfurt überführen.

„Nun", sagte einer der Polizisten, der noch sehr jung war, besser schien, bei der Vernehmung.

„Sie geben also zu, sich Goethe zu nennen. Wann haben Sie sich den Namen widerrechtlich angeeignet?"

„Nein!", sagte Goethe zu einer solchen Ungeheuerlichkeit. „Ich bin Goethe, hat Er denn von mir noch niemals etwas gelesen, nicht einmal von mir gehört?"

„Goethe! Sie sind Goethe! Das erzählen Sie mal des Teufels Großmutter, die mag ja solch einen Schwachsinn glauben! Doch nicht wir!"

„Wenn Er also meinen Papieren nicht glauben will, dann halte Er ihn nicht im Irrglauben fest, und ich sage ihm, dass ich wirklich der Goethe bin, für den er mich nicht hält. Ich bin in Frankfurt geboren. Und ich befinde mich auf der Durchreise hier; denn ich will nach Weimar, um den dortigen Herzog zu besuchen; schließlich hat er mich eingeladen. Hier ist die Depesche!"

Goethe suchte nach seiner Nachricht. Schließlich fand er sie und gab sie dem Polizisten.

„Herzog und Weimar!? Welch ein Wisch. Nach Weimar kommt er nicht. Außerdem, Herr Goethe, der große Dichter ist schon lange tot. Wie können Sie da die ungeheure Frechheit haben, zu behaupten, Sie hätten den Werther geschrieben! Das leuchtet uns nicht ein, kann uns gar nicht einleuchten, Sie ungeheure Superleuchte, weil Sie, Herr Goethe, oder wer Sie auch immer sein mögen, ein großer Spinner oder wer weiß was sind!"

„Aber so glaube er mir doch bitte, der Werther stammt ohne Zweifel aus meiner Feder, auch der Götz von ..."

„In der Tat", fiel ihm der Polizist in die Rede, „das Zitat von diesem Ritter passt genau auf diese Situation. Leck mich doch ..."

„Ach dann kennen Sie also das Werk?", meinte Goethe vollkommen un beeindruckt.

„Kennen ist zu viel gesagt! Eines weiß ich allerdings. Sie werden uns nicht mehr auf den Arm nehmen können; am Ende werden Sie noch behaupten, Sie werden der Dichter
vom Faust, he?", grinste frech der Polizist dem großen Dichter ins Gesicht.

„Welchen Faust? Meint er diesen?" Und Goethe suchte in seiner Tasche umher, die er immer noch bei sich trug seitdem er die Equipage verlassen musste. Er fand es und zeigte ein Manuskript vom späteren Urfaust den Polizisten. „Ich hatte ja vor, in Italien daran zu arbeiten, aber die Depesche kam mir ..."

„Wir wissen es nun schon. Sie wollen nach Weimar. Aber ich kann mir denken, und das prophezei ich Ihnen, in welches Weimar Sie kommen; da wird Ihnen aber nach Weinen und nicht nach Weimar zumute sein!" sagte der Polizist erst zu Goethe und wandte sich dann seinem Kollegen zu. „Außerdem, das mag tatsächlich Goethe geschrieben haben - aber niemals Sie! Wo haben Sie, mein, lieber Gauner, denn die Manuskripte eigentlich gestohlen? Raus mit der Sprache!"

Aber Goethe verschlug es die Sprache, und nachdem er sich wieder gefangen hatte, sagte er: „Gestohlen? Ich werde doch wissen, was mir gehört. Und glaubt wirklich keiner von Ihnen, dass ich das alles geschrieben habe? Daß ich der Verfasser vom Werther, vom Götz bin?"

Leise tuschelten die Beamten miteinander, denn sie waren sich nun nicht einig, was denn jetzt zu tun sei.

„Da müssen wir die uns vorgesetzte Dienststelle informieren; denn die er halten sowieso mehr Gehalt als unsereiner. Daher dürfen sie dann auch mehr denken!", erwiderte jemand aus der Runde.

Dieser Gedanke kam auf und blieb kleben in den Köpfen.

Wie gedacht, so getan.

Die ihnen übergeordnete Stelle ließ Goethe

samt seinem Kutscher verhaften. Grund war vorhanden: kein festen Wohnsitz, gestohlene Manuskripte, falscher Name. Wahrscheinlich war dieser Goethe nichts weiter als ein genialer Hochstapler. Und so wurde er erst einmal vorläufig in das Untersuchungsgefängnis gebracht, bis sich die rechtliche Lage geklärt hätte. Man nahm ihm seine Manuskripte und Papiere weg.

„Jetzt endlich können Sie einmal darüber nachdenken, warum sie gerade auf den Wahnsinn verfallen sind, sich selbst Goethe zu nennen und sich dann auch noch dafür auszugeben!", sagte der Wärter, der die Geschichte auch nun schon kannte.

„Aber so glaube Er mir doch wenigstens, bitte! Ich bin Goethe, Johann Wolfgang Goethe!"

„Na, na, der Goethe, von dem ich schon in der Schule gehört habe. war sogar adlig gewesen. Sie können dieser Goethe gar nicht sein!"

Und es half kein Wenn und Aber, leider! Denn der Schlüssel hinter dem Dichter drehte sich. Nun war er allein in seiner Zelle. Da saß er nun, er, Goethe, der Erfolgsautor des 18.Jahrhundets in einem Gefängnis des 21. Jahrhunderts.

Und er saß da nun und er saß gleich zwanzig Tage.

6

Nein, man hatte ihn nicht vergessen, wie er erst gedacht hatte. Die Papiere wurden geprüft und man fand, dass sie aus dem Jahrhundert stammen müssten, das er bei der Vernehmung angegeben hatte. Man konnte ihm aber keinen Diebstahl nachweisen. Dann machte man ihm zum Vorwurf, dass er, wer immer er auch sei, sich nicht mehr Goethe nennen sollte, welches er aber als nicht akzeptabel ablehnte.

Doch von dem Vorwurf ein Dieb zu sein konnte er sich so schnell nicht befreien. Die Vernehmungsbeamten forderten ihn auf, nun endlich zu Protokoll zu geben, dass er die Sachen gestohlen habe. Aber man konnte ihm nichts nachweisen. Dann machte man ihm den Vorwurf, den berühmten Namen angenommen zu haben, um sich mit der Justiz einen Scherz zu erlauben; denn für die heutige Zeit besaß er keine Papiere. Es war für die Beamten so, als wäre er buchstäblich vom Himmel gefallen. Ja, was war nun zu tun? Die Justiz sah sich einem einmaligen Fall gegenüber. Denn man konnte ihn nicht länger festhalten. Und einen gesunden Menschenverstand schien er auch zu haben - zu allem Überfluss wie einige meinten - und der zuständige Psychiater bescheinigte ihm einen geradezu brillanten Geisteszustand und auch sonst war er, dieser Goethe, ganz normal.

Man fand auch Münzen, die aus dem 18.Jahrhundert stammten, und wie soll er auch sonst dazu gekommen sein? Sogar ein berühmter Parapsychologe nahm sich des Falles an.

Und das war vielleicht sein Glück. Er sagte, der kleine Menschenverstand solle dem Unmöglichen ruhig eine Chance geben.

Einer der Untersuchungsbeamten mit Namen Richter, Hans Joachim, war ein leidenschaftlich Sammler von alten Münzen; und die Münzen, die Goethe bei sich trug, fehlten ihm noch in seiner Sammlung. Und er wußte auch nicht, woher er sie so schnell beschaffen konnte. Und so kam es, dass er eines Tages den jungen Goethe im Untersuchungsgefängnis besuchte.

„Herr Goethe, sind das Ihre Münzen?" fragte Richter den Dichter, und zeigte auf die geordneten Münzen, die auf dem Tisch ausgebreitet lagen.

„Ja", erwiderte Goethe, „das ist mein Geld, warum? Was will Er denn damit?"

„Und weiter haben Sie nichts dabei gehabt?", war der Richter nun neugierig geworden.

„Doch, meine Manuskripte. Wo sind die jetzt?

Kann ich sie wieder zurückerhalten? Und wann werde ich entlassen?"

„Ich werde dafür sorgen, dass sie endlich freikommen. Doch zuvor möchte ich Ihnen diese Münzen abkaufen!"

„Die brauche ich doch noch! Ich muss ja schließlich meinen Unterhalt damit bezahlen."

„Sie werden Ihren Unterhalt bezahlen können; aber, Herr Goethe doch wohl kaum mit diesen uralten Münzen! Die sind doch schon lange nicht mehr in Umlauf. Sie werden genug an Gegenwert in heutiger Währung, dem Euro, erhalten. Und diese Münzen, die sie haben, sind sehr wertvoll!"

„Und wie steht es mit meinem Namen?"

„Tja, Herr Goethe, da sie keinen anderen haben wollen, behalten Sie den alten!"

„Der ist mir recht lieb und vor allen Dingen sehr teuer!"

„Aber ich kann Ihnen vorhersagen, dass Sie Schwierigkeiten mit dem Namen bekommen werden!"

„Das kümmert mich nicht!", atmete Goethe erleichtert auf. „Und hat Er noch sonst etwas anzubringen?"

„Ja, das hat Er", sagte Richter und sah Goethe tief in die Augen. „Lassen Sie doch die

Anredeform weg, schließlich sind wir im 21. Jahrhundert."

„Irrt Er sich da auch nicht? Ich bin doch im 18. Jahrhundert. Ich muss doch wissen, wann ich geboren bin."

„O nein, Herr Goethe, wird sind im 21. Jahrhundert. Und was ist mit den Autos, mit dem Hubschrauber gewesen? Auch sind schon die ersten Menschen auf dem Mond gelandet. Wissen Sie das alles nicht mehr? Sie hätten sich doch informieren können; so etwas müsste Sie doch beeindruckt haben."

„Er soll mich nicht länger zum Narren halten!", meinte Goethe ärgerlich.

„Wenn Sie´s immer noch nicht glauben, bitte. Haben Sie schon mal einen Fernseher gesehen?"

„Was ist das? Ein Fernseher?"

„Ja, das ist ein Gerät, das die Bilder von anderen Orten übertragen kann!", sagte Richter und forderte Goethe auf, in einen separaten Raum zu kommen, in dem sich ein großer Fernseher befand.

Richter schaltete das Gerät ein.

Und als Goethe sah, wie die Bilder in dem Kasten in rascher Folge wechselten, musste er es wohl oder übel glauben; er staunte über alles, was er sah.

„Aber?! Wie komme ich dann in dieses Jahrhundert?", wunderte er sich.

„Da müssen wir einen Höheren fragen", sagte Richter, „auch würde ich niemandem erzählen, dass Sie aus einer anderen Zeit stammen. Halten Sie sich doch an den Rat des berühmten Parapsychologen. Ich werde Ihnen Papiere geben, die auf den August 1979 ausgeschrieben sind; denn irgendetwas muss der Mensch haben, damit er sich frei bewegen kann. Und dann können Sie auch nicht mehr angestoßen werden; aber ich glaube, Sie werden es trotzdem nicht einfach haben."

„Das ist mir schon recht!"

„Aber Sie werden noch eine Nacht hier verbringen müssen; denn Sie wissen ja auch: Beamte arbeiten nicht so schnell!"

Richter sah Goethe genauer an.

„Und irgendwie, ich weiß nicht wie, weisen Sie mit dem großen Dichterfürsten doch eine gewisse, ich möchte sagen, verblüffende Ähnlichkeit auf!"

„Kann ich auch solch einen Wagen fahren?", warf Goethe in das Gespräch ein.

„Was für ein Wagen? Sie meinen ein Auto? Vielleicht später, denn ich denke, Sie werden noch keinen Führerschein haben. Ja, Sie können keinen haben. Manchmal möchte ich doch glauben, dass Sie aus dem 18. Jahrhundert gekommen sind; gleichwohl ist aber so etwas unmöglich!"

„Ich sagte schon , wer ich bin!"

„Schon gut. Ich werde Ihnen eine Fahrkarte erster Klasse besorgen, morgen, für die Eisenbahn. Sie können fahren, wohin Sie wollen!"

„Dann möchte ich nach Frankfurt fahren; denn da, so glaube ich, würde ich mich noch auskennen."

„Wollen wir mal sehen. Gut. Ich werde ihnen die Fahrkarten besorgen!"

„Aber die Fahrt wird doch lange dauern?"

„Sie kennen die Eisenbahn noch nicht!", schmunzelte der Richter. „Sie werden schon noch sehen, was sich alles innerhalb von Jahrhunderten verändert hat!"

„Da werde ich ja langsam neugierig drauf; immer hört man etwas, aber man weiß nicht, was es ist!"

„Also werde ich morgen die Papiere unterzeichnen!", sagte Richter und führte den jungen Goethe wieder in seine Zelle zurück.

Da lag er nun wieder auf seiner Pritsche. Und auf sein Verlangen hin hatte man ihm etwas zu schreiben gegeben. Er schrieb. Er dachte an sein neues Werk.

7

Am nächsten Tag wurde er entlassen. Er bekam das versprochene Geld sowie einen Fahrschein erster Klasse für die Eisenbahn; und was auch sehr wichtig war, den neuen Personalausweis. Auch seine übrigen Sachen wurden ihm ausgehändigt. Nur seine Manuskripte wurden beschlagnahmt und den Museen zur Verfügung gestellt.

„Wo fährt denn die Eisenbahn ab?", fragte er den zuständigen Wachhabenden.

„Vom Bahnhof! Als ob Sie das nicht selbst wüßten!", antwortete der mürrisch.

„Und wie komme ich zum Bahnhof?"

„Ich kann Ihnen eine Taxe rufen!"

„Ja, tun Sie das. Dann sehe ich wenigstens das Gebäude nicht mehr!"

Der Wachhabende griff zum Telefon und bestellte das Taxi.

„Wo ist überhaupt mein Kutscher?", wollte Goethe jetzt wissen, der sich daran erinnerte, dass er ja nicht allein gewesen war.

„Ihren Kutscher? Ich weiß nichts von einem Kutscher. Wovon reden Sie überhaupt?"

„Ich hatte einen Kutscher bei mir, soweit ich mich noch erinnern kann; er wurde mit mir eingeliefert. Der Mann kann sich doch nicht einfach so in Luft aufgelöst haben!"

„Davon weiß ich nichts! Herr Goethe, schon Sie sind so ein eigenartiger Fall gewesen!"

Das Telefon rasselte. Der Wachhabende nahm ab.

„Ihr Taxi steht draußen, Herr Goethe!"

„Würden Sie mich herausbegleiten?"

„Ja." Und der Beamte begab sich mit dem Dichter aus dem Hause heraus.

„Vielen Dank!", sagte Goethe, als er in der Freiheit stand.

Der Taxifahrer sah den eigenartigen gekleideten Mann an; denn noch im mer trug Goethe die Kleidung, die er mitgebracht hatte; und man kann sich vorstellen, dass das auf die Dauer auffallen musste.

„Wenn ich Ihnen einen guten Rat geben darf", sagte der Taxifahrer, „ich würde mich erst einmal neu einkleiden. Nein! Mit diesem Anzug? Woher kommen Sie denn?"

„Gut. Dann fahren Sie mich zum nächsten

Schneider!"

„Aber mein Herr, wie lange wollen Sie auf den neuen Anzug warten? Wo sind wir heute? Wollen Sie wirklich ein paar Wochen warten. Ich fahre Sie zunächst einmal ins nächste Bekleidungsgeschäft. Und dann werden Sie vollkommen neu eingekleidet wieder herauskommen!"

„Ja, machen Sie das!" sagte Goethe und schon saß er in dem Wagen. „Sagen Sie einmal, wie heißen Sie?"

„Warum wollen Sie das denn wissen?", wollte der Taxifahrer in Erfahrung bringen.

„Es ist nicht von Wichtigkeit", entgegnete Goethe und dachte schon wieder an sein neues Werk.

„Na ja, ein großes Geheimnis ist's nicht. Gestatten Sie, mein Name ist Messmer, Konrad; Konrad Messmer!"

Dem Taxifahrer war der Mann, den er nun fahren sollte, mehr als unheimlich und er eilte aus dem Polizeigebäude. Denn schließlich fahren Taxis immer sehr schnell und zum anderen wollte er diesen Zeitgenossen wieder loswerden.

In dem Bekleidungsgeschäft ließ sich Goethe nach der neuesten Mode einkleiden. Als er wieder draußen stand, war gleich ein anderer Mensch geworden; so, als hätte er die alte Haut abgelegt.

„Sehen Sie", sagte der Taxifahrer, „jetzt können sie sich unter Menschen trauen, ohne dass Sie groß auffallen!"

„Da hat Er recht! Ich wollte sagen, da haben Sie recht!"

„Das möchte ich auch meinen!"

„Dann können Sie endlich zum Bahnhof fahren!"

„Sehr gern." Und der Wagen quietschte um die Ecke, was Goethe nur mit einem Kopfschütteln verstand. Nicht lange danach stand das Taxi vor einem großen Gebäude, in dem Menschen ein und aus gingen.

„Das soll der Bahnhof sein?", meinte Goethe mehr zu sich selbst, aber der Taxifahrer dachte, dass er gemeint wäre.

„Ja, gehen Sie mal hinein!"

„Dann wissen Sie zufällig auch, wann der Zug nach Frankfurt geht?"

„Das nun gerade nicht! Aber fragen Sie doch drinnen jemanden, da wird Ihnen sicherlich jemand Auskunft geben können!"

„Das will ich gerne tun!"

Und Goethe wollte in den Bahnhof gehen.

„Hallo, hallo!", rief der Taxifahrer hinter ihm her, „Sie haben noch nicht bezahlt!"

Goethe wandte sich um, sah erstaunt den Taxifahrer an, so als hätte er ihn noch niemals gesehen, und sagte zu ihm: „Ach ja, das hätte ich beinahe vergessen!" Und zahlte ihn aus.

Der Taxifahrer schüttelte den Kopf, murmelte etwas, man verstand es nicht; trat auf das Gaspedal und verschwand im Stadtgewühl. Goethe ging in den Bahnhof.

8

Da stand er nun im Bahnhof und sah viele Menschen vorbeihasten, als hätten sie alle keine Zeit, und er sah sie dann auch irgendwo verschwinden. Da kam jemand vorbei.

„Entschuldigen Sie vielmals, wann und wo geht der nächste Zug nach Frankfurt?"

„Der nächste Zug nach Frankfurt? Ja, das kann ich Ihnen schon sagen", denn es war die Aufsichtsperson, die Person mit der roten Mütze. "Mit welchem Zug wollen Sie denn fahren?"

„Ich habe diese Fahrscheine hier." Goethe gab sie dem Mitarbeiter der Bahn.

„Da haben Sie aber Glück gehabt. Sie können den ICE nehmen, der in fünf Minuten auf Gleis eins abfährt!"

„Und wo ist das Gleis eins?"

„Also da gehen Sie den Tunnel entlang und Sie werden dann schon die Schilder sehen!"

„Danke sehr."

Goethe ging also in den Tunnel, sah nach den Schildern. Gleis eins. Eine Rolltreppe führte hinauf. Viele Menschen bestiegen sie. Sehr vorsichtig trat Goethe auf das Band. Und kaum war er oben, da hörte er eine Stimme aus dem Nichts sagen: „Es hat Einfahrt der ICE von Stuttgart nach Hamburg über Frankfurt ..."

Goethe sah sich um. Woher kam diese laute weibliche Stimme nur. Aber er sah niemanden, der gesprochen hätte.

Doch schon rollte der ICE heran. Goethe stieg ein. Kaum hatte er im Großraumwagen an einem Fensterplatz sich niedergelassen, fuhr der ICE auch schon aus dem Bahnhof heraus.

Das war doch ein ganz anderes Fahren als zu meiner Zeit mit der Postkutsche, dachte Goethe! Hier war nicht das Geholpere und Geschüttele! O nein, man schwebte wie auf einem Wolkenteppich dahin.

Da kam der Zugführer herbei und verlangte die

Fahrausweise.

„Bitte sehr!", sagte Goethe recht freundlich.

Der Zugführer, ein etwas untersetzter, korpulenter Herr, nahm sie entgegen.

„Kann man hier auch etwas essen?", fragte Goethe, der nun hungrig war.

„Aber sicher doch! In der Mitte des Zuges befindet sich ein Bistro."

„Ja, dann hätte ich noch gern gewusst, an welchem Tag wir in Frankfurt ankommen werden?"

„An welchem Tag? Das soll wohl ein Witz sein", lachte der Zugführer. „In einer Stunde sind wir schon in der Mainmetropole!"

„In einer Stunde schon?", wunderte sich Goethe.

„Natürlich, die Eisenbahn ist doch kein Postkutschenunternehmen!"

„Danke auch für die Auskunft!"

Er konnte es nicht fassen, schon in einer Stunde werde ich mein Frankfurt wiedersehen; eine Stunde nur, es ist unfassbar.

Und der ICE rollte auf den Schienen gleichmäßig dem Ziel entgegen. Und immer näher kam Frankfurt. Goethe sah die große Stadt schon von Weitem. Nein, nie! Auch wenn nur zweihundert Jahre vergangen sind, dies konnte unmöglich Frankfurt sein, das er kannte. Er sah die großen Häuser, er sah auch den Dom, der wie ein Winzling dazwischen stand. Also war es doch Frankfurt. Und schon rollte der ICE über den Main. Ja, was für Schiffe befanden sich da auf dem Fluss. Und die Gleise, die hier zusammenliefen, von überall her. Ach! Welch ein Gewirr.

„In wenigen Minuten erreichen wir Frankfurt Hauptbahnhof", hörte er sa gen.

Also dann doch Frankfurt. Ein Wunder.

Doch schon rollte der Zug in die große Halle ein.

Als er den Zug verlassen hatte, klang es wieder von irgendwo her: „Hier ist Frankfurt Hauptbahnhof. Sie erreichen folgende Anschlusszüge ... "

Da stand er nun, er, der große Sohn dieser Stadt, wenn auch mit neuer Kleidung versehen, in einem ganz neuen Frankfurt. O ja, dieses Frankfurt hatte sich doch sehr verändert, das konnte man schon sehen und fühlen.

Er durchschritt die riesige Halle. Er sah die Lokomotiven, die Menschen, die Verkaufsstände. Und bald war er draußen und er lief und lief bis er endlich auf die Zeil gelangt.

Aber was wollte er jetzt tun?

„Wo ist der Große Hirschgraben?", fragte er eine eilends vorbeihastende Passantin.

„Sie sind wohl neu hier?"

„Was heißt denn neu hier? Ich bin hier geboren!"

„Dann müssten Sie den Weg doch selber kennen!"

„Nein, denn kenne ich nicht! Es hat sich alles hier so sehr verändert!"

"Da gehen sie wieder zurück zur Hauptwache; denn da sind Sie sicher vorbeigekommen."

„Ja."

„Und ganz in der Nähe befindet sich der Große Hirschgraben!"

„Aber das weiß ich doch auch, dass es ganz in der Nähe sein soll."

„Ja, warum fragen Sie mich dann und stören mich bei meinen Geschäften!" Und sie schüttelte den Kopf. „Nein, diese Jugend von heute!"

Goethe strebte wieder zur Hauptwache zurück.

Und nach einigem Suchen und Fragen hatte er den Großen Hirschgraben gefunden.

Endlich wieder zu Hause zu sein. Doch wo stehen die alten Häuser? Allein meines Vaters Haus steht noch. Entschlossen ging er darauf zu.

Was? Besuchszeit? Was ist das denn für eine Ungeheuerlichkeit!

Doch Goethe sah schon ein, dass sich das Haus in demselben Zustand befand, wie er es verlassen hatte. Wie hätte er auch wissen können, dass es wiederaufgebaut worden war? Ja, das war einmal sein Heim gewesen. War er nicht so gut wie gestern erst abgefahren? Kam er nun zu spät zurück?

Nun wollte er es wissen! Was war mit dem Autor des jungen Werthers geschehen?

Noch entschlossener tritt er in das Haus. Ein etwas älterer Herr mit silbergrauen Haaren kam ihm entgegen.

„Guten Tag", sagte Goethe. „Können Sie mir sagen, was eigentlich mit Goethe geschehen ist? Seit wann ist er denn verschwunden?"

„Verschwunden. Vielleicht wohl auch noch gar spurlos?!", schüttelte der Herr lachend seinen Kopf. „Wer hat das schon gehört? Immerhin ist er über achtzig Jahre alt geworden und verbrachte den größten Teil seines Lebens in Weimar!"

Goethe konnte es nicht fassen. Wer bin ich denn, so dachte er. Bin ich nicht mehr Goethe?

„Er hat wohl viel geschrieben?"

„O ja, das hat er wohl! Ich kann Ihnen ja mal sämtliche Werke zeigen. Kommen Sie mit!" Der Herr ging voran, Goethe schritt hinterdrein.

„Sehen Sie", sagte der Herr und zeigte auf all die Bücher. „Das hat alles Goethe verfaßt, unser Größter!"

„Das alles, bei Gott, das kann ich gar nicht glauben. Es ist ja wie ein Wunder nur!"

„Wollen wir den alten Geheimrat selbst zitieren:

„Das Wunder ist des Glaubens liebstes Kind."

„Ja, ja, der Goethe mag schon ein Mensch gewesen sein!"

„Stimmt. Seit zweihundert Jahren bald Goethe und ein Ende ist nicht in Sicht, nicht einmal ansatzweise!"

„Und hier wird wohl keiner mehr leben?"

„Wo denken Sie hin mein Herr! Man kann es fast wie ein nationales Heiligtum betrachten!"

„Na ja, eigentlich wollte ich hier wieder wohnen. Es ist scheint noch alles intakt", meinte Goethe zu dem Herrn.

„Aber, aber, mein allerliebster Besucher", entgegnete der ältere Herr dem jungen Mann. „Wo denken Sie hin", lachte er. „Das wird nicht gehen. Nehmen Sie doch ein Hotel oder Pension!"

„Ja, das werde ich wohl tun müssen."

Goethe sann etwas nach.

„Ist denn oben noch alles in Ordnung,

allenfalls, wo der junge Goethe zu Hause war?"

„O ja, möchten Sie es gerne mal sehen?"

„Natürlich, wenn ich schon einmal hier bin, so bin ich doch neugierig, was alles noch Original von Goethe stammt." Und schon schritt Goethe dem Herrn voraus. „Ich kenne den Weg!"

„Aber, junger Mann, das geht nicht, Sie können doch nicht so einfach draufloslaufen. Sie wissen ja nicht, wo die Zimmer sich befinden!"

„So", lächelte der junge Goethe. „Woher wollen Sie das gerade wissen, dass ich es nicht weiß?"

„Ich weiß es zwar nicht, aber Sie wären der erste Mensch, der noch niemals hier war, und es sofort weiß!"

„Bei mir ist das ja auch kein Wunder!"

„Wieso?"

Aber schon hatte man das Zimmer erreicht. Goethe trat ein und fühlte sich sofort wie zu Hause; er spürte seine eigene Gegenwart aus der Vergangenheit herüberschimmern; und es war ja auch so, als wäre gerade hier die Zeit stehen geblieben. Er trat auf den Tisch zu.

„Mein Herr, wie können Sie es wagen?"

„Ja, Sie haben recht!"

Goethe trat vom Tisch zurück.

Noch einmal sah er auf das Zimmer und er

wusste von diesem Augenblick an, dass er niemals wiederkommen würde - jedenfalls solange er sich in der anderen, nicht in seiner Zeit befand.

„Vielen Dank für die Führung, mein Herr!", verabschiedete sich Goethe.

"Gern geschehen!", sagte der Herr mit den silbergrauen Haaren.

Goethe dachte daran, sich einen kleinen Spaß zu machen, und sagte zu seinem Führer: „Möchten Sie nicht einmal wissen, wie ich heiße?"

„Nein, nein, was sind schon Namen? Aber wenn sie unbedingt darauf bestehen; schließlich haben Sie sich nicht vorgestellt. Und jeden Namen jedes Besuchers zu behalten, das ist doch zu viel verlangt. Mein Gedächtnis ist doch kein Computer!"

„Ja, das stimmt schon. Aber meinen", lächelte Goethe, „den werden Sie bestimmt behalten, und niemals vergessen. Also schreibe ich Ihnen auf, wie ich heiße, und so bald ich außer Sehweite bin - versprechen Sie mir das - können Sie den Zettel öffnen!"

„So geheimnisvoll. Na, wenn Sie unbedingt meinen."

Goethe gab ihm einen beschrifteten Zettel.

Nein, er konnte sich einfach ohne diesen Spaß nicht verabschieden. Und bald war er im Stadtgewühl untergetaucht.

Als nun der Herr sah, dass der eigenartige Fremde gegangen war, öffnete er den Zettel.

Überrascht las er:

> Nur der Edle trägt die große Last
> eines noch größeren Zeitalters
> auf seinen starken Schultern
> in die gewaltige Ewigkeit hinüber.
> Goethe, am 4. November 2015

Wer war dieser Herr? So dachte der Herr mit den silbergrauen Haaren und schüttelte den Kopf.

9

Lächelnd verließ er das Geburtshaus. Sollte doch der Herr denken, was er wollte, und er selbst rechnete ja mit der Verschwiegenheit des Herrn; er selbst hatte ja die Erfahrung gemacht, dass man so etwas nicht glauben würde, und zum Narren lässt man sich nicht gerne abstempeln.

Nun stand er wieder in der Gegenwart, die für ihn eigentlich die Zukunft war. Doch was war nun zu tun? Er musste sich in Frankfurt eine Bleibe suchen. Aber wo? So irrte er durch Frankfurt.

„Haben Sie ein Zimmer frei?" fragte er an der Rezeption eines bekannten Frankfurter Hotels.

„O ja, wir haben noch Zimmer frei, aber nur mit Bad und Fernsehen!"

„Dann geben Sie mir mal eines!" erwiderte Goethe.

„Das macht dann pro Nacht 50 Euro!", sagte das schwarzhaarige Mädchen und reichte ihm ein Formular.

„Das soll ich wohl ausfüllen?", fragte er.

"Ganz recht. Es muss alles seine Ordnung haben."

„Und wie heißt das Land hier genau; ich weiß, es ist Deutschland. Aber die Staatsform ist mir unbekannt!"

Die junge Frau machte große Augen.

„Sie sind in der Bundesrepublik Deutschland."

„Danke sehr."

Goethe nahm einen Kugelschreiber zur Hand und füllte das Formular aus. Das Mädchen nahm das Schriftstück entgegen und stutzte dann; darauf fragte Sie: „Heißen sie wirklich Goethe?"

„Zweifeln Sie daran?" amüsierte sich Goethe.

„Ja, und dann auch noch Johann Wolfgang. Das kann ich nicht glauben!"

„Das haben mir schon ganz andere Leute nicht geglaubt. Aber am Ende taten sie es!" Und er reichte dem Mädchen seinen nagelneuen Personalausweis; erst als das Mädchen diesen sah, war sie beruhigt.

„Ja, wenn das so ist, Herr Goethe, dann kann man nichts machen! Sie haben einen echt berühmten Namen!"

„Das weiß ich, aber was kann man dagegen tun? Mir gefällt der Name sehr!"

„Das kann ich mir leicht denken, Herr Goethe!"

„O ja!", lachte er.

Nun sah er einen Computer dort stehen. Zwar hatte er schon jetzt öfter einen Computer gesehen, aber ihn noch nie angefasst.

„Was ist das denn da?", fragte er, und zeigte auf die Tastatur.

„Das da? Ein Computer, warum?"

„Kann man auch darauf schreiben?" fragte er, als würde er es nicht wissen.

„Unter anderem! Als junger Mann müssten Sie das doch wissen!"

„Stimmt. Eigentlich müsste ich es wissen. Kann ich mal darauf schreiben?"

„Aber nur weil Sie es sind, Sie weltberühmter Goethe. Kommen Sie herum."

Goethe trat hinter die Rezeption.

„So, setzen Sie sich mal auf meinen Platz, und dann versuchen Sie es mal!"

„Wie geht es denn?!"

„Ich zeige es Ihnen!" Und das Mädchen zeigte es dem Dichter. Goethe versuchte, es nachzumachen.

„Das geht ja besser, als ich dachte. Nun kann ich mein neues Werk auf einem Computer vollenden!"

„Wollen sie denn auch Dichter werden?", fragte das Mädchen.

„Ich bin Dichter!"

„Das muss wohl am gleichen Namen liegen!" vermutete das Mädchen.

Allein, dachte Goethe, es wird nur am gleichen Menschen liegen. „Und wie heißen Sie?", wurde er neugierig.

„Herzog."

"Und der Vorname?"

„Anne."

„Das ist ein hübscher Name!" sagte Goethe.

„Finden Sie das?"

„Ja, warum denn nicht?", sagte Goethe. „Gefällt Ihnen Ihr Name nicht?"

"O doch, Herr Goethe. Hier haben Sie den Schlüssel. Sie haben Zimmer 711. Das siebente Zimmer in der elften Etage." Das Mädchen reichte ihm den Schlüssel.

Goethe wollte die Treppe nehmen.

„Aber nehmen sie doch den Fahrstuhl!", sagte die junge Frau. „Oder wollen Sie in den elften Stock die Treppen steigen?"

„Fahrstuhl?"

„Sie wissen wohl auch nicht was ein Fahrstuhl oder Lift ist? Manchmal kommen Sie mir doch so vor, als kämen Sie aus einer anderen Zeit!"

Die junge Frau kam hinter der Rezeption hervor. Sie drückte an der Wand einen Knopf und es begann leise zu surren. Nachdem der Fahrstuhl angehalten, glitten leise die Türen auseinander.

„Sehen Sie! Nun treten Sie ein. Drücken Sie auf den Knopf mit der Nummer elf. Dann bringt der Fahrstuhl Sie nach oben!"

„Danke", sagte Goethe, trat ein und tat, wie ihm geheißen wurde.

Im elften Stock angekommen, tritt Goethe aus dem Fahrstuhl in einen langen Korridor. Er suchte die Zimmernummer, schloss auf und trat ein.

Er ging auf das große Fenster zu und schaut auf

das Frankfurter Häusermeer.

Er erinnerte sich, dass zu seiner Zeit der Dom, der nun von den Hochhäusern erdrückt wurde, das höchste Gebäude der Stadt war. Und nun? Er erinnerte sich daran, wie er noch auf den Wällen als Kind gespielt hat. Wo waren sie geblieben?

Er wandte sich vom Fenster ab. Auf dem kleinen Nachttisch neben dem Bett sah er ein Telefon stehen. Sollte er es einmal abheben? Er tat´s.

„Rezeption!" hörte er sagen.

„Anne?", fragte er darauf.

„Ach, Sie sind's, Herr Goethe, was möchten Sie denn?"

„Haben Sie heute Abend Zeit?"

„Ja, warum?"

„Ich möchte Sie gerne einmal entführen!"

"Meinen Sie das im Ernst?"

„Natürlich! Ich habe übrigens auf Sie ein kleines Gedichtchen geschrieben:

Horch, Anne, dein Geflüster
durch die Bäume säuseln,
daß die lieb' Geschwister
ihre Locken im Winde kräuseln;
denn der Mensch, der dich umfangen
tat um seine Liebste bangen."

„Aber, Herr Goethe, wer sind denn Sie?"

„Ja, Anne, wer bin ich wohl?"

„Treffen wir uns doch um acht vor dem Römer!"

„Dann bis acht Uhr!", und er legte den Hörer auf die Gabel zurück.

10

Um sieben verließ Goethe das Hotel.

„Muss ich hier meinen Schlüssel abgeben?", fragte er das neue Mädchen, blond gelockt hinter der Rezeption.

„Nein, brauchen Sie nicht, falls Sie abends heimkommen, können Sie die Tür aufschließen."

Und als er in der Stadt war, kaufte er einen großen Strauß rosaroter Nelken. Kurz darauf war es acht Uhr; er stand am Römer. Anne kam herbeigelaufen und er überreichte ihr galant den Blumenstrauß. Außer den Blumen gab er ihr noch einen Umschlag.

„Aber, Herr Goethe, das war doch nun wirklich nicht nötig gewesen! Und was ist in dem Umschlag?"

„Ich dachte nur, schaden kann es nicht, und im Umschlag findet sich eine Hymne, eine Hymne an die Liebe."

„An die Liebe, Herr Goethe, ich weiß nicht so recht, was haben Sie sich denn dabei gedacht? Aber wohin mit den Blumen jetzt?"

„Das weiß ich auch nicht!"

„Aber ich weiß es. Wir bringen sie zu meinem Wagen."

„Sie haben ein Auto?"

„Ja, einen kleines. Stört Sie das?"

„Keineswegs, ich meinte nur ..."

„Dann gehen wir erst einmal zum Auto, hinterlegen dort die Blumen."

„Dein Wunsch ist mir Befehl, Anne."

Da hakte die junge Frau, die nun ein rotes T-Shirt und weiße Jeans trug, den großen Dichter unter und beide schlenderten zu ihrem Wagen.

„Das ist Ihr Wagen?", fragte Goethe, als er ein kleines gelbes Auto sah.

„Ja, das ist er, mein Herr!", sagte sie schnippisch.

„Sag doch Johann Wolfgang zu mir!"

„Johann Wolfgang? Nein, das gefällt mir nicht und ist mir zu lang; außerdem muss ich dann immer an den anderen denken! Ich nenne dich Wolfi! Hast du etwas dagegen?"

Goethe schmunzelte innerlich doch etwas. Er dachte, wenn sie an mich denkt, dann denkt sie sowieso an den anderen. „Aber, meine liebe

Anne, was soll ich dagegen tun?"

„Und wo gehen wir nun hin, Wolfi?"

„Ich denke doch in ein kleines, gemütliches Restaurant."

„O ja, da kenne ich eins! Und darf ich das lesen, was Du geschrieben hast, nein, ich möchte Dich bitten, es mir doch vorzulesen!"

"Hymne an die Liebe!" fing Goethe an vorzulesen.

"Holde Freude ward gegeben,
als wir uns nur sahn,
und es ist ein schönes Leben,
und ich habe es nicht vertan.

Komm doch, ach!
wie ich es fühle,
ich bin wach
im Lustgewühle.

Ja, dein Wesen ist`s, an das ich glaub`,
und niemand meinen schönen Gedanken raub`!

Und es decken
uns die Lauben,
und es recken
sich empor die Trauben,

und an diesen holden Reben
möchte ich für dich nur leben;
und der Himmel ist nicht weit:
Gelächter ist und Heiterkeit.
Und es ist wahr, so wunderbar,
du bist wie keine, die jemals war!

Und entlang an den Kleidern, den schönen,
kann sich jeder dran gewöhnen.
Warum ich nicht? Wo der Rosenstaub
schweigend sich liebt im Laub.

Noch ist kein bunter Herbst
durch den Frühling geeilt;
noch hat kein Knabe geerbt,
was das Leid nur heilt!

O schmerzlich blickt die Seele
in die Tiefe seiner Gründe
- O Höllenpfründe -
Was ist nur Sünde?
Ein Gott kann verzeihen,
kein Mensch hat diese Güte,
kein Mensch kennt die Gedanken
wenn ein Gott stürzt seine Schranken
in der Frühlingsblüte.

O, da lacht das Auge, es blinkt,
seh! wie fröhlich Gott Amor winkt;
denn beizeiten fliehen alle
dunklen Küsse aus der Halle,
die Amor in seinem Wesen
selbst an dir hat abgelesen.

O, ich ahne es, o welch ein Genuß
kein Engel besitzt solch einen Kuß!
Seh! Wie die Rosen sich röten
im Antlitz deines Gesichts;
nein, keine Blume darfst du brechen,
nein, keine Blume darfst du töten!
Selbst Du mit deinen Schwächen
besitzt den Körper eines Gedichts!

Doch wir haben mit den Gaben
eines Gottes uns nur vertraut
der über uns herniederschaut.

Da hast du mit dem Herzen gesprochen!
Da hast du mich gefaßt,
sind unter die Decke gekrochen,
da hast du mir gesagt:
Bevor die Sonne scheint,
bevor es tagt
sind wir vereint!

Ach, könnte ich nur einmal wiederkommen in der nächsten Nacht;
göttlich sinken wir beide nieder -
Und ein Engel hält die Wacht!"

11

Tags darauf kaufte er sich einen Laptop. Und
mit frohem Mut und neuem Elan kam er in das
Hotel zurück.

Anne, die noch an den gestrigen Tag dachte,
und überlegte, was ihr Wolfi gemeint hatte mit
dem Gedicht, saß hinter dem Empfang; sah dem
Dichter nach und dachte nur, der will es wirklich
seinem großen Namensvetter nachtun.

Goethe merkte wohl, was die junge Frau
dachte; nicht umsonst ist man Dichter. Ja, man
kann aus den Augen der Anwesenden noch
etwas lesen, sofern man will.

Schon am nächsten Tag konzipierte er das
Werk und arbeitete die ganze Nacht durch.

Am nächsten Morgen trat er aus dem Hotel.

„Guten Morgen!", sagte Anne, das
schwarzhaarige Mädchen, die ihm   weil es
regnete,   mit   ihrem   bunten   Regenschirm

entgegen kam. „Wie geht's?"

„Danke. Und dir selbst?"

„Na, so lala."

„Schon so früh missmutig gestimmt? Liegt doch nicht an mir?", sagte Goethe.

„An dir nicht. Es geht halt so. Ich hatte heute morgen vor dem Spiegel gestanden und mich selbst gefragt, bin ich eine junge Dame, die gut aussieht? In meinem Alter wünschte ich mir einen Freund, der zu mir steht. Doch habe ich einen?"

"Wen Du, meine große Geliebte, meine Freundin sein willst, dann denke doch darüber nicht mehr nach, ob du schön aussiehst, oder nicht! Es kommt auch auf die inneren Werte an. Da denke ich doch, dass du die Richtige für mich bist."

"Mein lieber Wolfi, ich hoffe doch nicht, dass du das gleiche Liebesleben führst wie dein großer Vorgänger. Wenn es dann ernst wurde, schüttelte er den Staub von seinen Schuhen und machte sich davon."

"Anne, liebe Anne!" zwinkerte Goethe ihr mit dem rechten Auge zu. "Ich dich verlassen? Schon der junge Goethe von damals hat an seine Schwester am 11. Mai 1767 geschrieben: *´Nun übertrug ich meine frühere Neigung zu*

Gretchen auf ein Ännchen, von der ich nicht mehr zu sagen wüßte, als daß sie jung, hübsch, munter, liebevoll und so angenehm war, daß sie wohl verdiente, in dem Schrein des Herzens eine Zeitlang als eine kleine Heilige aufgestellt zu werden. Und du bist meine kleine Heilige. Und eine Heilige verläßt man nicht! Warum, warum frage ich dich, mußt auch du Anne heißen? Gab es denn keinen anderen Namen?"

"Es gab schon einen anderen Namen. So wie du mehrere Namen hast, wie Johann Wolfgang so heiße ich Anne Sabine. Wie oft hat denn jener jemanden verlassen. Schon bei der jungen Dame aus Sesenheim war es der Fall. Daher muß ich dir sagen, Wolfi, sprechen wir uns später wieder. Denn für mich ist die Treue eine der wichtigsten Tugenden, und von meinen Partner wünsche ich doch, daß er mit mir aufmerksam umgeht. Und nur wer über jeden Zweifel erhaben ist, der kommt für mich überhaupt erst als Partner in Frage. Auch über sein früheres Leben darf es keinen Zweifel geben. Und was macht dein Werk?"

„Ich habe die ganze Nacht durchgearbeitet!"

„Da bist du wohl sehr müde?"

„Wie man's nimmt. Werde mir die Stadt ansehen."

„Hier hast du meinen Schirm! Entschuldige, eigentlich muss ich dich im Hotel siezen. Der Chef sieht es nicht gerne. Trotzdem, du kommst doch am Vormittag wieder?"

„Sicher, Anne, du brauchst doch deinen Regenschirm selbst. Ich werde mir einen kaufen!"

Und so ging er mit dem Regenschirm seiner neuen Freundin in die Stadt. Er kam zum Dom. Nun wusste er ja, wo sich der Eingang befand, und mit schnellem Schritt ging er darauf zu, am Pförtner vorbei.

„Hallo, Sie da! Ja, Sie meine ich. Sie müssen noch bezahlen!", rief der Pförtner hinter Goethe her.

Der Dichter sah schon ein, dass er seinen Obolus entrichten musste, wollte er auf den Turm steigen; erst dann war es ihm möglich, die alte bekannte Treppe, die Steinstufen, heraufzusteigen.

Bald nach dem Dombesuch kam er wieder in das Hotel zurück.

Und jede Nacht arbeitete er nun durch, während er am Morgen den Spaziergang machte, und am Nachmittage schlief er. So konnte er bald das Werk vollenden - nur, er musste einen Verleger suchen.

„Nun, was macht dein Werk", fragte eines Tages Anne.

„Es ist fertig!", antwortete er.

„Dann wünsche ich viel Glück! Aber lasse dich nicht von deinem Weg abbringen, den du wirst es wirklich schwer haben, mit solch einem berühmten Namen bekannt zu werden; noch schlimmer ist es, mit solch einem Namen ein Werk zu veröffentlichen!"

„Das alles mag sein, liebe Anne", sagte Goethe voller Zuversicht, „aber ich weiß, dass ich es schaffen werde; eigentlich sogar muss!"

„Und darf man fragen, wie das nun heißt, was du da geschrieben hast?"

„Aber natürlich darfst du das! Die Erzählung trägt den hoffnungsvollen Titel:
Guten Morgen, Herr von Goethe".

12

„Wohin bitte?", fragte der Taxifahrer.

„Zum Verlagshaus Goethe!", beschied ihm Goethe.

„Wo soll denn das stehen?"

„Na", lächelte Goethe, "wo denn schon? Natürlich in der Goethegasse! Nummer 47!"

Goethe sah den Fahrer unentwegt an und sagte dann: „Kann es sein, dass wir uns schon einmal begegnet sind?"

Der Taxifahrer sah für einen Augenblick in den Spiegel. „Ich weiß nicht. Aber irgendwie kommen Sie mir bekannt vor. Nur wo soll ich Sie hintun?"

„Bestimmt nicht in eine Mottenkiste. Denken Sie noch an den Fahrgast, den Sie einmal zum Schneider fahren sollten?"

„Ach, Sie sind das. Item. Jetzt beginne ich mich wieder zu erinnern. Sie sind wohl Schriftsteller geworden?"

„Na ja, vielleicht, Herr Messmer!"

„Und meinen Namen kennen Sie auch noch. Wie konnten Sie den denn im Gedächtnis behalten?"

„Ach, das ist nicht schwer, denn schließlich habe ich auch einen Konrad Messmer hier in dieser Erzählung als Taxichauffeur vertreten."

„Musste denn das sein!"

„Jawohl, das musste sein. Wenn Sie die Erzählung später einmal lesen werden, werden Sie wissen warum! Und nun fahren Sie zu!"

Der Taxifahrer fuhr ihn bis vor das Verlagsgebäude.

Der Verlag war einer der profiliertesten

Verlage in Deutschland.

Er zahlte den Fahrer aus und geht hinein.

„Wohin möchten Sie denn?", fragte eine junge Frau hinter einer Glasscheibe sitzend.

„Ich möchte zum Verlag!", antwortete Goethe.

„Was haben Sie denn da? Ein Manuskript?"

„Beinahe einen Roman und doch wiederum keiner."

„Kann ich das Manuskript einmal haben?"

„Gern." Goethe reichte ihr das Päckchen.

„Und wie heißen Sie?"

„Goethe. Johann Wolfgang Goethe!"

„Wie bitte?", Die junge Frau glaubte sich verhört zu haben.

„Mein Name ist Goethe!"

„Ist das wirklich Ihr Name? Ist das kein Falscher, um hier Eindruck zu schinden?"

„Es ist doch überall das Gleiche. Wo ich auch hinkomme, niemand will einen J. W. Goethe haben! Aber bitte schön, ich kann's beweisen!" Er zeigte seinen Personalausweis vor.

„Stimmt tatsächlich. Herr Goethe, Sie sind Goethe!" Darauf wußte die Dame nichts mehr zu sagen.

„Ich verbinde Sie mit dem Verlag!", und griff zum Telefon.

Als man im Verlag hörte, von wem das Manuskript kam, wollte man aus reiner Neugier diesen Zeitgenossen schon einmal sehen; denn wer trägt schon solch einen berühmten Namen, und man bat ihn heraufzukommen, zum Chef, da er nun schon einmal da sei.

„Gehen Sie gleich in den nächsten Stock hinauf. Dort ist der Verlag!", sagte die junge Frau.

Goethe tat, wie ihm geheißen wurde. Entschlossen trat er an die Tür und klopfte.

„Bitte!", tönte es von innen.

Goethe trat ein.

„Sie also sind das Wundertier!", sagte die Sekretärin.

„Ja."

„Nehmen Sie bitte doch Platz!", forderte Sie ihn auf. „Einen Augenblick Geduld nur, ich werde Sie beim Chef anmelden." Die etwas ältliche Sekretärin trat in das Hinterzimmer; dann kam sie nach einiger Zeit wieder.

„Herr Goethe, der Chef erwartet Sie."

Nun trat er selbst ins Allerheiligste.

„Also, Sie sind der ominöse Goethe, das Wundertier unserer Zeit?", stellte der Verleger mehr für sich selber fest. „Möchten Sie eine Zigarre oder Zigarette?"

„Nein, danke, ich bin Nichtraucher! Ich habe dieses Manuskript mitgebracht!" Er übergab das Päckchen.

Der Verleger nahm es entgegen, öffnete es; entnahm das Manuskript und blätterte darin umher.

„Haben Sie etwa die Absicht, es Ihrem genialen Kollegen gleichzutun?", fragte nun der Chef des Unternehmens und zog genüsslich an der Zigarre. „Die Absicht ist natürlich edel; meinen Sie aber nicht, dass es besser wäre, etwas anderes zu tun?"

„Nein, das nun gerade nicht", erwiderte Goethe, „ich habe das Buch nun einmal geschrieben und ich möchte es, das werden Sie doch sicherlich verstehen, auch gedruckt sehen!"

„Und worum geht es dort?"

„Es ist so, als würde mein großer Namenskollege in diesem Jahrhundert urplötzlich auftauchen; natürlich weiß keiner, woher. Und er würde hier leben. Das ist in den Grundzügen das Hauptthema."

„Na, das wird doch bestimmt nichts werden!"

„Meinen Sie denn wirklich?"

„Wissen Sie, es gibt schon so viele Autoren und nun wollen auch Sie noch schreiben!" Der Verleger zeigte sich verlegen, als er das

Manuskript auf die Seite legte. „Was sind Sie denn von Beruf?"

„Bisher war ich ja Anwalt gewesen."

„Wenn ich ihnen einen guten Rat geben darf, dann bleiben Sie dabei!"

„Aber wollen Sie das Werk nicht einmal lesen?"

"Auf keinen Fall. Ich bin doch kein Wohlfahrtsinstitut; das Risiko sie als neuen Goethe zu verlegen, das ist mir zu hoch, und vielleicht mache ich mich auch noch lächerlich! Nein, nein, auch wenn sie den gleichen Namen tragen, dann müssen sie noch lange nicht ein Supergenie wie der alte Herr aus Weimar sein. Ich würde ihnen raten, lassen sie die Schriftstellerei!"

"Da muss ich also mir einen anderen Verlag suchen!"

„Ja, Herr Goethe, es tut mir leid, wir verlegen sie nicht, und glauben sie ja nicht, ein anderer Verlag würde sie auch verlegen!" Aber dem Verleger tat es nicht leid. "Ich würde mich doch sehr wundern, wenn ihr Buch eines Tages in den Buchläden erscheinen sollte! Und nun haben Sie meine Zeit genug gestohlen. Auf Nimmerwiedersehn Herr von Goethe. Ach, - der sind sie ja gar nicht!"

"Ich, als Goethe sage ihnen voraus: Es wird Ihnen noch sehr leid tun, mich nicht verlegt zu haben. Und als letztes Wort eines Supergenies, wie sie beliebt mich zu benennen: Wer nicht für eine Million Menschen schreibt, der braucht erst gar nicht anfangen zu schreiben. Und ich werde doch nicht für sie oder für einen Verlag schreiben. Ich, wenn ich nun schreibe, werde nur für das Publikum schreiben!"

Goethe wurde entlassen. Wurde Goethe entlassen? Nein, es war doch wohl ein Rauswurf.

Und als er das Verlagsgebäude verlassen hatte, stand noch immer das Taxi, das ihn gefahren hatte.

"Wie war denn der Erfolg ihres Besuches, Herr Goethe?"

"Fragen Sie mich nicht. Ich weiß nicht, wie das Buch nun unter die Leute kommen soll?"

"Ja, mit den Verlegern hat man es nicht leicht! Aber machen Sie sich nichts draus, schon Goethe schimpfte über die Verleger und gelobte schon damals gegenüber von Schiller, er würde den Verlegern größeren Haß geloben."

"Haben Sie wenigstens nicht einen guten Rat für mich?"

"Haben Sie genug Geld?"

"Warum soll ich genug Geld haben?"

"Wenn Sie genug Geld haben, dann wüßte ich einen Vorschlag zu machen. Der Freund eines Freundes von mir hat auch mal ein Buch auf eigene Kosten herausgebracht. Übrigens hat das doch Goethe damals auch gemacht, nannte sich doch damals in Kommission geben!"

"Stimmt, das hat Goethe wirklich gemacht, denn die Mitschuldigen wollte er von einem befreundeten Verleger verlegen lassen. Der hat mich, entschuldigen Sie, das heißt den Goethe von damals auch sitzen lassen. Wahrscheinlich hat er ihm damals gesagt: Wer ist eigentlich Goethe? Den kennt doch kein Schwein, keine Sau und erst recht kein Mensch. Nein, das ist mir zu unsicher!"

"Sehen Sie, alles wie damals, es gibt nur bekannte Autoren!"

"Ja," stimmte Goethe zu. "Die sind alle schon von Geburt bekannt gewesen. Frage mich doch, wie die es schon als Babys schafften bekannt zu werden. Und wie ist das heute?"

"Gehen Sie doch zu einem Verlag, der das auf ihre Kosten druckt!"

"Kennen sie denn einen?"

"Der Freund meines Freundes hat sein Werk damals trotz aller Widrigkeiten erfolgreich beim Angler-Verlag herausgegeben. Wie ich hörte, soll in zwischen schon, man höre und staune, die 25. Auflage herausgegeben worden sein. Außerdem ist das Buch auch in den U.S.A. erschienen. Wie ich sogar hörte, soll es vom Deutschen Fernsehen verfilmt werden. Sie, als Goethe sollten das doch auch noch schaffen!"

"Aber ich kann Ihnen sagen, wenn ich an den Verleger von eben noch denke, mich so abzufertigen. Einen Goethe. Einen Goethe aus einem Verlag werfen, der gehört erschossen!"

"Und wo soll ich sie nun hinfahren?"

"Fahren sie mich mal in die Pension ZUM MILLIONÄR, in der ich zur Zeit wohne."

"Ein letztes Wort von jemanden, der jemanden bewundert, der nicht aufgibt: Genies, tun was sie müssen; Talente, was sie können!"

Aber er brauchte Geld; denn auch der Vorrat neigte sich langsam dem Ende entgegen. Also musste er etwas anderes tun als schreiben. Arbeiten. Aber als was? Denn mit der Anwaltspraxis und darüber lächelte er, wurde es keinesfalls etwas mehr. Am schnellstens verdingte er sich in einem Job, und hatte nicht einer seiner Kollegen, die nach ihm kamen, aber heute schon vor ihm da waren, es auch so gehalten? Und so schlimm war die Sache auch nicht. Nur Geduld musste er haben; denn wenn das Werk eines Tages doch erscheinen sollte, und er zweifelte nicht daran, dann würde es bestimmt ein großes Aufsehen erregen und damit schon ein Erfolg werden. Dann würde es für den Arbeiter Goethe schon anders aussehen.

Und er tat, was er sich vorgenommen hatte. Die Monate verstrichen. Schon war ein neuer Sommer eingekehrt.

Goethe war nun nicht mehr so gut bei Kasse, schließlich mußte er sich als einfacher Arbeiter durchs Leben schlagen. Und für andere arbeiten war er einfach zu überqualifiziert. Ein Taxi konnte er sich schon gar nicht mehr leisten. Allenfalls gerade noch die U-Bahn.

Aber er hatte Kontakt mit dem Angler-Verlag aufgenommen.

Eines Tages stand er auf der Station Hauptwache und wartete auf die U 7, die in zum Verlag bringen sollte.

Nach einer guten halben Stunde hatte er die Station erreicht, die ihn in die Nähe des Verlages gebracht hat. Als er ausstieg und las wie die Station hieß, dachte er, vielleicht wird es doch etwas, denn er stand in seiner Heimatstadt plöttzlich auf der Gwinnerstrasse. Na, dachte Goethe, bekanntlich haben Namen ihre Vorbedeutung. Es sollte doch vielleicht ein

Gewinn werden, ausgerechnet diesen Verlag zu Kontakten. Er lief ein paar Straßen weiter, und stand dann vor einem zweistöckigen Gebäude. Lief von der Straße auf einen Hof und klingelte beim Anglerverlag.

Es öffnete ihm ein Mann mittleren Alters, der ihn dann einen Stock höher brachte.

Eine junge Dame kam ihm entgegen. "Sie also haben das eigenartige Manuskript uns zugesandt. Wenn sie Fragen haben, dafür bin ich da. Ich kann ihnen mehrere Angebote unterbreiten. Die Frage ist, wieviel Geld wollen sie ausgeben?"

"Ich weiß es noch nicht."

Goethe wurde nun über die Gepflogenheiten eines Druckkostenzuschussverlages und seinen Praktiken unterrichtet. die, wie er innerlich befand, alles andere, aber nur nicht reel waren. "Wir werden Ihnen einen Vertrag zusenden. Das Buch wird rund 160 Seiten haben, und wird mit 13,90 Euro in den Buchhandel gehen Und ab dem 1001. Buch erhalten sie 30% am Verkaufserlös Und wenn sie 7821,70 Euro anlegen wollen, werden wir ihr Buch drucken."

"Geht es nicht billiger? Ich würde doch vorschlagen ab dem 1. Buch 10% vom Verkaufserlös daran beteiligt zu sein!"

Goethe dachte daran, dann kann ich schneller

kontrollieren, ob wirklich ich dran verdiene, und ob das Buch irgendwie in den Buchhandel kommt.

"Auch wenn sie ein Goethe sein sollten, wir leben von unseren Autoren, und unsere Autoren von uns, und so mancher Autor, den die großen Verlage einst hochmütig ablehnten, sind schon bekannt geworden. Wenn man Glück hat, kann man auch einmal einen Nobelpreisträger verlegen. Das ist allerdings wie ein Sechser im Lotto."

"Soso, ein Sechser im Lotto bekommt man eher als einen Nobelpreisträger in den Verlag!" lachte Goethe und wurde dann ärgerlich. "Sie wissen doch auch wie hoch die Gewinnchancen beim Lotto sind, sechs Richtige sind fast bei Null. Mir scheint es, dass in diesem Verlag nur der Verlag Gewinn einfährt, während der Autor nur als Goldesel wie in einem Märchen die Rolle zu spielen hat. Ich denke man sollte solche Praktiken solcher Druckkostenzuschussverlage gesetzlich verbieten lassen. Da sollte ich wohl öfters mal ein paar Kreuze auf dem Lottoschein machen müssen, da bekomme ich wenigstens bei einem dreier oder vierer noch ein Kleingewinn, während ich bei Ihnen erst noch gar nichts sehe! Ein mir bereits bekannter Autor hatte auch in einem ähnlichen Fall wie dem meinen ein Werk herausgegeben, und bezahlte runde 5.600 Euro für die Herausgabe seines Werkes. Und die Gesamtauflage seines Buches war, soweit ich mich daran erinnere, 1.000 Exemplare. Natürlich hatte er nur das Werk zu bezahlen, und er sah nicht einen müden Cent den er in sein Werk investiert hatte, da hätte er auch gleich sein Werk wie weiland ein Herr Goethe im Selbstverlag herausgeben können. Und sein Buch kam in den Buchhandel mit 9.80 Euro. Und innert zwei Jahren wurden 600 Exemplare über den Verlag abgesetzt, wobei ich noch bemerken muss, dass sie gar kein Interesse an einer Werbung hatten, denn wären sie wahrlich an einem weiteren Bekanntheitsgrad des Autor oder des Werkes interessiert, hätten sie die Werbetrommel gerührt. Ja, es fiel ihnen auch ein, das Buch auf der Internationalen Buchmesse in London auszustellen, natürlich sollte der Autor die Werbung bezahlen. Er hätte ja nicht nur sein Werk bezahlt sondern auch noch die Werbung des Verlages bezahlt, oder denken sie vielleicht der Name des Verlages wäre nicht auf der Buchmesse gefallen. Das ist in Wahrheit, in meinen Augen, eine Frechheit sondergleichen. Und dann hätte das Buch, wenn schon in

London ausgestellt, auch in einem Exemplar mit englischer Übersetzung erscheinen sollen. Zu solchen Verlagen kann mir nichts mir einfallen!"

Ärgerlich ging Goethe aus dem Verlag. Was war denn nun zu tun? Goethe tat das, was sein großer Vorgänger, der er ja selbst war, getan hat. Er liess die Bücher auf eigne Kosten drucken. Mit seinem neuen Bekannten, dem Taxifahrer Koni, packte er die Bücher in kleine Päckchen und versendete sie auf gut Glück an die Buchhandlungen.

Erst wollten die Bücher nicht gehen. Aber eines Tages war es doch so weit.

„Briefe sind für Sie gekommen!", sagte die Wirtin, als er am Abend nach getaner Arbeit wieder in die Pension kam.

Als er dann in seinem Zimmer stand, riss er voller Ungeduld die Briefe auf. Nun war sein Werk endgültig bekannt, aber eine kleine Weile dauerte es noch, bis die Erzählung auf der Buchmesse in Frankfurt präsentiert werden konnte. Dazu suche sich Goethe einen Verlag aus, der auch Bücher, die in einem Selbstverlag erschienen waren, in das Sortiment mit einführte So las er an einem Tage seine Erzählung dem Publikum recht erheiternd vor. Unter den Zuhörern befand sich eine sehr junge Dame, die, so lange er am Stand las, sich nicht von der Stelle rührte; am Ende der Lesung kam sie auf Goethe zu, und hätte gern ein Buch vom Autor signiert bekommen. Nun hatte Goethe ein paar Bücher aus seinem privaten Fundus dabei Schließlich kam er mit der jungen Dame ins Gespräch: "Was sind Sie denn von Beruf?"

"Ich bin an einem Gymnasium."

"Ah, und wo ist das?"

"In Amorbach. Das ist im Länderdreieck Bayern, Hessen und Baden-Württemberg. Wenn ich mit meiner Klasse nach Frankfurt fahre, werde ich auch das Goethehaus besuchen. Und da kann ich ihre Erzählung, Herr Goethe, gut verwenden."

"Darf man fragen, wie alt sie sind?"

"Ich bin dreiunddreissig!"

Nachdem er das Buch signiert hatte: "Für Frau Alexandra. Wiener von J.W. Goethe", verabschiedete sich die junge Dame. Goethe sah ihr eine Weile nach,und dachte, ich müßte an dem Tag wieder in meines Vaters Haus sein. Doch ob das was wird, daran zweifele ich.

Und so kam es, wie es endlich auch kommen mußte; das Buch stieg innerhalb von einigen Wochen auf den Bestsellerlisten von einem unbekannten Plazierung auf ganz nach oben, auf

Platz eins. Bevor dies aber geschah, hatte der recht bekannte Literaturkritiker R.M.M. die Erzählung als sehr humorvoll bezeichnet, sie mit recht viel Vergnügen gelesen, und da blieb es nicht aus: Goethes Name war in aller Leute Mund.

13

„Herr Goethe, ein Mann von der Presse erwartet Sie an der Bar!", sagte Anne; denn nachdem er wieder zu Geld gekommen war, quartierte er sich in sein altes Hotel ein. Und er sah Anne wieder, die doch daran gezweifelt hatte, ob er es auch schaffen würde. Goethe ist Goethe und bleibt auch Goethe.

„So, an der Bar ist dieser Zeitungsfritze. Der will wohl auf meinen Erfolg anstoßen und ich soll ihm das auch noch bezahlen?"

„Es kann doch sein, dass Sie ihm ein Drink ausgeben, bei dem fröhlichen Gesicht, das Sie machen!"

„Es ist ja auch kein Wunder, meine liebe Anne. Und du bist ja, die Sonne, die hier scheint, wenn sie draußen nicht scheint!"

„Ich sehe schon, du bist doch der alte Goethe!",
stellte Anne fest, ohne zu ahnen, dass es in der
Tat der *alte* Goethe war.

„O nein, vielleicht ein ganz neuer!", lächelte
Goethe.

„Wer und was du auch bist; du bist jedenfalls
ein ganz beachtlicher Mensch!"

„Dasselbe sagt vielleicht er Reporter auch!",
erwiderte Goethe und ging in die Bar.

14

Im Deutschen Fernsehen moderierte, soweit
man davon sprechen konnte, die allseits beliebte
Moderatorin Kathrin Bauerfeind die seltsame
Talk-Show *Menschen von heute, mit großem
Namen von Gestern.* Als zweiter Gast war
Goethe geladen. Innert der Sendung wurden
regelmässig zwei Personen vorgestellt. Der erste
Gast war aus Frankfurt extra geladen worden, als
Überraschungsgast für den nächstfolgenden
Gast.

„Heute Abend habe ich die Ehre", lächelte die
23jährige schwarzhaarige, schlanke und junge
Dame in die Kamera, "Ihnen einen ganz

besonderen Gast vorstellen zu dürfen!", vor Millionen von Zuschauern wie auch vor den geladenen Gästen. „Ich habe die Ehre Ihnen, man kann es einfach nicht glauben, einen Herrn Goethe vorstellen zu dürfen!"

Goethe trat zum ersten Mal in das Rampenlicht der Öffentlichkeit.

„Guten Abend ..."

Beifall.

„Heute Abend haben wir es endlich geschafft; - lange haben wir uns darum bemüht, den neuen Dichter mit dem alten Namen zu Gast in meine Sendung zu bekommen. Nehmen Sie doch bitte Platz, Herr Goethe!"

Goethe sah ganz erstaunt auf den vorher interviewten Herrn Messmer. "Du hier?", und begann ihn herzlich zu umarmen.

"Schöne Überraschung, nicht wahr!", lächelte die Moderatorin. "Wir haben keine Kosten und Mühen gescheut, um ihren besten Freund einzuladen.

„Danke!", war Goethe sprachlos und wandte sich an die Moderatorin: "Ich kann es einfach nicht glauben, dass er hier ist! Gibt es noch weitere Überraschungen?"

"Wollen mal sehen. Nun, Herr Goethe, ich habe eine Frage, die jeden von uns sehr bewegt, und es ist die erste Frage, bevor wir anfangen; ich denke, dass es auch die Zuschauer interessieren könnte!"

„Ich kann es mir schon denken," lächelte der Dichter, "worauf Sie hinaus wollen."

„Ganz recht. Wie kamen Sie eigentlich zu solch einem berühmten Namen, den jeder kennt. Ist das ein Pseudonym, um für sich Reklame gemacht zu haben?"

„Meine liebe Katrin, ich darf Sie oder auch Du? so nennen!?"

"Bleiben wir doch beim Du, wo wir doch fast gleichaltrig sind!"

"Der Name wurde mir bei der Geburt gegeben!"

„Und was haben sich die Eltern dabei gedacht, gerade Ihnen den Vornamen Johann Wolfgang zu geben?"

„Das kann ich dir nicht sagen. Frage doch mal meine Eltern!"

„Leben denn deine Eltern noch?"

„Nein", konnte Goethe recht glaubhaft versichern.

„Sonst hätten wir Sie ja auch mit eingeladen. Es ist wirklich schade, und ich hätte sie auch gerne kennengelernt. Aber du hast gewiss auch schon etwas anderes getan als nur geschrieben?"

„O ja, ich habe studiert, recht oberflächlich sogar, so möchte ich's nun meinen."

„Und wo hast du studiert?"

„In Leipzig erst, danach in Straßburg!"

„Da hat doch Goethe auch studiert!", rief die Moderatorin verblüfft aus.

„Ja, was Du nicht sagst", antwortete Goethe.

"Wie kamst Du eigentlich als ein neuer Goethe auf die Idee dieses Buch zu schreiben? Da musst du dir doch irgendwas dabei gedacht haben?"

"O ja, habe ich. Ich hatte leider kein Geld mehr, und unter einer Brücke wie ein Obdachloser wollte ich nicht leben. Und von irgendwas muß auch ein Dichter und Denker leben. Mit Luft und Liebe kommt man nicht sehr weit."

"Tja, mit Liebe und nur Luft bin ich auch nicht weit gekommen!"

"Du hast es aber immerhin ins Fernsehen gebracht, und bist als großes Talent jetzt auf Sendung gegangen!"

"So einfach war das nun auch nicht gerade! Aber immerhin ... - Nur wegen des schnöden Mammons hast du geschrieben?"

"Nicht nur! Auch dafür, das ich meinem jetzigen Leben eine vollkommen neue Richtung geben wollte."

"Und wie hast du es dann doch geschafft, das

Buch zu drucken und auch in den Handel zu bringen? Und was war der Gewinn?"

"Ich hatte erst eine kleine Auflage gedruckt, die ich selbst drucken musste . Ich versuchte es erst einmal bei einem Publikumsverlag, doch als der Name Goethe fiel, war es aus. Dann versuchte ich es über einen Druckkostenzuschussverlag, aber die wollen nur Geld sehen, aber keine rechte Leistung erbringen, und genaues kann man da nie erfahren, ob und wieviel Bücher je gedruckt werden. Sie wirtschaften nur in ihre eigenen Taschen, und lassen den Autor mit ihren mehr als kriminellen Praktiken im Regen stehen. Ich als ein Goethe kann nur dringenst vor solchen Verlagen warnen! Für einen guten Verleger ist Büchermachen erst in zweiter Linie ein Geschäft. Zum ersten gehört eine Portion Leidenschaft dazu. Ich, als Goethe, verstehe unter einem guten Verleger, dass sich eine fruchtbare Partnerschaft entwickelt, so dass sich der Dichter aufs Schreiben verlegen kann, während sein Verleger für die geschäftlichen Belange, wozu auch das Drucken und Vertreiben der Bücher gehört, einsetzt. Als aber meine Bücher besser gingen als ich gehofft hatte, nahm ich einen Kredit auf und finanzierte das Buch im Voraus."

"Sag mir mal, warst du denn bereits zu dieser Zeit Kreditwürdig?"

"Haha, gehe Du mal in eine Bank und verlange einen Kredit, kannst aber keine Sicherheiten ihnen bieten!"

"Klar, da bekommen wir, du und wie auch ich, nichts!"

"Ja ja, genau das ist es!"

"Und wie hast du es dann doch geschafft?"

"Ein wirklich sehr guter Bekannter hatte zu mir Vertrauen, und finanzierte mich voraus, obwohl er mich zu diesem Zeitpunkt, als ich das Geld dringend brauchte, noch gar nicht kannte; denn ich hätte ihn ja auch, sagen wir mal so, über`s Ohr hauen können!"

"Also, er gab das Geld?"

"Oh, ja!"

Wie hoch war dann zum Schluß die Auflage?"

"Das möchte ich lieber dann doch nicht sagen!"

"Kann ich verstehen! Unser aller Feind, das Finanzamt, hört mit!"

Gelächter im Publikum.

„Und was haste jetzt für Pläne?"

„Genaues weiß ich noch nicht. Ein Fürstentum Weimar gibt es nicht mehr, sonst würde ich ja nach Weimar reisen", lachte er. „Vielleicht gehe ich nach Paris! Und vielleicht schreibe ich eine Fortsetzung meines Buches. Dachte daran eine Trilogie daraus zu machen!"

"Trilogie?!"

"Ja, nachdem der fiktive Goethe in unser Jahrhundert kam, ihn vielleicht in die Vergangenheit vor Goethes Zeit fahren zu lassen! Im übrigen war das nicht mal meine Idee, dass war eine Idee von Anne!"

"Welcher Anne?", fragte die Moderatorin scheinbar doch erstaunt.

"Die Anne aus dem Hotel!", erwiderte Goethe. "Im übrigen hat sie dort nur gejobbt, um ihre Kasse aufzubessern. Sie wird nämlich im nächsten Jahr ihr Diplom machen."

"Was studiert sie?"

"Physik!"

"Und diese junge Dame kam auf diese seltsame Idee! Und wie weit wird in die Vergangenheit gefahren?"

"Wenn wir mal von dieser jungen Dame sprechen, sie ist gleichaltrig wie eine Katrin, die mir gegenüber sitzt."

"Und das erfahre ich jetzt erst?"

"Katrin, so gut hast du doch nicht recherchiert!"

"Weisst du," lächelte spitzbübisch Katrin, "dass denkst auch nur du! Im übrigen sitzt die mit im Publikum!"

Die Moderatorin schaute ins Publikum, und winkte der Anne zu, die in der letzten Reihe sass.

"Anne, kannst du mal kommen?", rief Katrin.

Anne erhob sich vom Platz und schritt majestätisch die Stufen herunter, und liess sich erst von der Katrin, wie auch vom Herrn Messmer und dann vom Goethe umarmen. Dann setzte sie sich auf einen freien Sessel, der bisher vollkommen scheinbar nutzlos herumgestanden hatte.

"Na, ich denke doch so runde 230 Jahre von 1775 an, statt in Weimar zu landen, wird er sich im Jahre 1545 aufhalten."

"Das scheint echt ein interessantes Thema zu werden. Und lebt er da ein ganzes Leben durch wie der Herr aus Weimar, oder wie du auch?"

"Das muß ich mir erst durchdenken!"

„Und nun der erste Bestseller. Freust du dich eigentlich über deine Publicity?“

„Warum sollte ich mich nicht darüber freuen? Aber mit dem Ruhm ist das eine Sache und mit der Tat ist's dann doch eine andere!“

„Ja, so drückte sich Goethe auch im Faust aus!“

„Du wirst gleich lachen, dass kenne ich nicht!“, verblüffte Goethe die Zuschauer.

Allgemeines Geschmunzel und Gelächter.

„Nun, ich glaube," sagte Anne, "das steht im zweiten Teil des Faust!"

„Was denn, er hat zwei Teile geschrieben?", wunderte sich Goethe.

„Weisst du das denn nicht? Einen Goethe der den Goethe nicht kennt. Und zwar schrieb er:

Herrschaft gewinne ich, Eigentum,
Die Tat ist alles, nichts der Ruhm! "

„Na ja, *der* musste es ja auch wissen!", meinte Goethe leichthin.

„Du solltest doch bei Gelegenheit mal den Faust lesen,oder gehe mal ins Theater wenn er wieder aufgeführt wird!"

Goethe dachte nach. Habe ich doch wirklich geschrieben. Dann muss ich ja wieder ins 18.Jahrhundert zurückversetzt werden. Aber wann? Vielleicht ist das nur ein Traum, was ich hier erlebe?

„Woran dachtest du den eben?" fragte Katrin, die die Geistesabwesenheit ihres prominenten Gastes bemerkte.

„Ich dachte an einen Zweizeiler!"

„Dürfen wir ihn denn hören?"

„Warum denn nicht?

Das Leben allein ist wie ein Traum,
verschollen zwischen Zeit und Raum."

15

„Du willst mich wirklich verlassen?",
schreckte Anne herauf. "Bin ich deine große
Liebe nicht mehr? Du hast mir versprochen,
mich nie zu verlassen. Und heute? Ja, mein
lieber Wolfi, was ist heute; dabei habe ich
immer gedacht, dass wir beide schon vorverlobt
sind!"

„Vorverlobt? Was ist das für ein Ausdruck?"

„Das ist ein Ausdruck meiner kleinen
Schwester; sie amüsierte sich immer über uns
beide, und meinte dann zu mir, ihrer großen
Schwester: Wenn ihr euch nicht verlobt oder
verloben wollt, ja, dann verlobt ihr euch doch
vor der Verlobung, und damit seid ihr beide
dann vorverlobt!"

„Ach ja, Anne, ich muss fort von hier, und
somit löse ich die Vorverlobung auf, denn was
bietet mir Frankfurt noch?", erwiderte Goethe.
"Sei froh, dass du mich noch einmal siehst, mein

Vorgänger machte sich still und heimlichst aus dem Lande."

„Und wohin gehst du nun?"

„Ich werde nach Paris gehen!"

„Paris. Ach wie schade, aber vielleicht sehen wir uns doch einmal wieder!"

„Vielleicht, Anne, vielleicht! Vielleicht aber aber auch nie!"

„Könnte ich doch mit mit dir gehen!"

„Das geht nicht und ich möchte es auch nicht!"

„Das glaube ich auch!", trauerte Anne. "Leider!"

„Die Zeit wird zeigen wie's weitergeht. Wir werden uns bestimmt einmal wiedersehen, so Gott will. Gestern war ich im Fernsehen!"

„Ich auch, ohne mich wärest Du doch da verloren gewesen!"

„Nun, Anne, wer hätte das gedacht, dass es so kommen wird; aber alles auf Erden ist im Werden!"

„Ja", pflichtete im Anne bei, „aber was noch kommen wird, das wissen wir leider nicht!"

Goethe gab zum letzten Mal seinen Schlüssel ab. Gab seine EC-Karte Anne, ließ die Rechnung von seinem Konto abbuchen; und ging dann fort, ohne sich noch einmal umzusehen.

Als er dann fort war, traten Tränen in Annes Augen; da ging er, Goethe, nun hin, ihre große und ihre geheime und einzige Liebe; ihr Dichter. Sie dachte an die Worte der Friederike Brion: Wer einmal von Goethe geliebt wurde, kann keinen anderen mehr lieben! Und noch einmal dachte sie daran, wie er gekommen war, und sie dachte auch an den ersten Tag, an das kleine Gedicht und wie sie damals so sehr daran gezweifelt hatte, dass auch er ein Dichter sei; und nun, wo er es geschafft hatte, ging er, der sie immer: du bist mein kleines Ännchen nur genannt hatte, vielleicht für immer aus ihrem Leben fort; vielleicht war das die letzte Erinnerung , das kleine Gedichtlein und die Hymne an die Liebe, dass er damals schrieb, an den großen Dichter. Und dann hörte man auch noch ganz leise, im Hintergrund, aus einem Radio eines Gastes, wie Anne fand, zu allem Überfluß, einen ganz bekannten Chor das Ännchen von Tharau singen.

Und verstohlen wischte sie sich eine Träne aus ihrem Auge.

16

Schon saß er im Flugzeug, im Anflug auf die Seine-Metropole.

Zum ersten Mal erlebte er selbst das Gefühl vom Fliegen, den Traum der Menschheit.

Allein der erste Tag in Paris machte einen ungeheueren Eindruck auf Goethe.

Und wie er so an einem Sonntagmorgen am Seineufer entlangpromeniert, kam ihm ein junger Mann entgegen.

„Bonjour, Monsieur Goethe!" Der junge Mann sprach dann deutsch weiter.

„Woher wissen Sie denn, dass ich Goethe bin!", staunte Goethe.

„Das ist nicht schwer gewesen. Ihr Bild sah ich in der Zeitschrift und es ist ja auch schon etwas Aussergewöhnliches, wenn man solch einen berühmten Namen trägt, und dafür findet sich immer ein Blatt und eine Presse und es hat ja auch ein Wirbel stattgefunden. Ja, erst traute ich meinen Augen nicht, aber Sie sind es!"

„Ja, das bin ich!", sagte Goethe.

„Dass ich Sie hier treffe, das ist ein Wunder!"

„Wieso?", wurde Goethe neugierig.

„Ich bin Schriftsteller oder will es jedenfalls werden."

„Sie! Was haben Sie denn schon geschrieben?"

„O ja, aber ich habe bisher nichts veröffentlicht. Noch keinen Verleger gefunden. Gerade schreibe ich an einem Schauspiel!"

„Und wie heißt es?"

„Hat der Moor wirklich seine Schuldigkeit getan?"

„Ist das eine Komödie?"

„Nach dem Titel könnte man es meinen; aber es ist eher eine Tragödie."

Goethe schritt aus und der junge Dichter, vielleicht etwas jünger als er, lief neben ihm her.

„Und wo wohnen Sie", fragte er den jungen Mann.

„Möchten Sie das gerne wissen."

„Ja!"

„Arbeiten sie an dem Werk weiter. Ich kann's ja mal lesen!" Goethe kramte in seiner Tasche herum. „Ich hatte doch da etwas geschrieben, als ich nach Weimar fuhr."

Der junge Dichter schaute verständnislos drein. Wie, Weimar. Er verstand nicht recht.

Aber endlich schien Goethe den Zettel gefunden zu haben; denn er zog einen zerknüllten Papierfetzen heraus, den e rauch sofort glättete.

„Stimmt. Das habe ich bei meiner Abfahrt aus

Frankfurt geschrieben!" Goethe las vor:

„Nütze die Neige
der kostbaren Zeit,
was du heute nicht tust,
tut dir morgen leid!"

Der junge Dichter stand betroffen da. Ja, die kostbare Zeit musste man schon nützen, denn wie schnell ging sie dahin, ja, sie flogen vorbei, die Tage, die Monate, die Jahre.

„Sie haben recht, Monsieur Goethe!", sagte der junge Mann. „Sehen Sie, ich wohne übrigens im Hotel G in der Rue de la S.! Und sie werden mich nicht wiedersehen, bevor ich das Werk vollendet habe!"

„Halt!", rief Goethe. „Und wie heißen Sie?"

„Ich habe nicht einen so bekannten Namen. Schiller ist nur mein Name."

„Und nur mit dem fertigen Werk zurückkommen. Übrigens, wie ist Ihr Vorname?"

„Friederich!"

„Das hätte ich mir eigentlich denken können. Und nur mit dem vollständigen Werk kommen."

„Das verspreche ich!"

Goethe setzte seinen unterbrochenen Spaziergang fort und lenkte seine Schritt in die Jardins de Tuileries.

Ein paar Tage später kam der junge Dichter ins Hotel und brachte das Manuskript vorbei. Goethe las es. Und nach weiteren zwei Tagen gab er es wieder zurück.

„Monsieur Goethe, wann fahren Sie nach Deutschland Zurück?"

„Das weiß ich noch nicht!", erwiderte er. "Aber irgendwann, und vielleicht werde ich doch nach Weimar ziehen!"

„Ohne Frage, Monsieur Goethe, Sie haben recht, aber mir gefällt Paris."

„Ja, jedem die Seine, wenn sie einem gefällt!"

„Und mir gefällt es sehr gut hier! Stimmt, und Paris ist die Geburtsstadt eines Künstlers!"

„Das kann ich mir denken. Aber wie wollen Sie das Stück aufführen lassen?"

„Ja, wenn ich das nur wüsste! Vielleicht im Nationaltheater in Weimar?"

„Ach, damit ich es mir dann gleich ansehen kann!"

„Die Dichter sind doch komische Menschen!", sagte Schiller.

„Das wußte ich schon lange!", lachte Goethe. „Ja, so ist es schon im 18. Jahrhundert gewesen, so ist es auch heute im 21. Jahrhundert und es wird auch nie anders werden."

Kurz darauf verließ er Paris und ließ sich in Weimar nieder.

17

Weimar, die Heimat Goethes. Hier wollte er nun wohnen. Bevor er sich aber eine Wohnung mietete, zog er für ein paar Wochen im Hotel ‚Zum Elefanten' ein.

Und solange er im Elefanten wohnte, kamen eine Künstler wieder nach Weimar. Es war, als würde Weimar eine neue kulturelle Blüte erleben.

So ganz nebenher schrieb er einen Aufsatz über die Deutschen im Be Besonderen und über Deutschland im Allgemeinen.

„Das ist aber ein recht eigenartiges Werk!" sagte jemand.

„Ja, das mag wohl sein", erwiderte Goethe, „aber was ist an Deutschland nicht eigenartig?"

„Man hat es ja jetzt an der Wiedervereinigung gesehen; denn die Geschichte schreibt von jeher mit einer ganz besonderen Feder. Und alle Probleme, die noch vorhanden sind, werden auch noch gelöst werden!"

18

Bald trat er durch seine Publicity einer Partei bei; denn er wollte sich nun auch einmal in der Politik versuchen, obwohl seine Freunde meinten, ein Künstler soll nicht in die Politik gehen; aber er, Goethe, sagte darauf: „Ja, warum eigentlich nicht? Gewinne ich nicht sehr viel dadurch, was ihr vielleicht nicht sehen möget; und es mag für mich als Mensch persönlich ein großer Vorteil sein!"

Bei den nächsten Wahlen wurde er in den Bundestag gewählt und unter dem Bundeskanzler bekam er das Verkehrsministerium angeboten; und er zögerte erst am Anfang, denn er glaubte, dass er das nötige Wissen dazu nicht besitze, um solch einen Posten auszufüllen; aber der Bundeskanzler sagte ihm, die meiste Arbeit machen die Staatssekretäre; er braucht nur zu unterschreiben. Und es dreht sich das Ministerkarussell. Es beginnt wieder der Streit, wer welchen Posten haben möchte. Und manchmal muss man sich fragen, ob auch der richtige Mann oder die richtige Frau auf dem rechten Posten ist. Leider ist das nicht immer möglich durch das Parteiengezänk. Darauf fügte sich Goethe dem Schicksal.

Doch nach und nach bekam er einen Einblick in die Verkehrspolitik und legte ein neues infrastrukturelles Gesamtkonzept vor.

Was tat die Presse? Sie reagierte teils mit Zustimmung, aber auch teils mit Ablehnung, je nachdem, welche politische Linie der Zeitung vorgegeben war.

Goethe tat aber noch mehr, denn mit der vollen Rückendeckung seines Bundeskanzlers legte er neues Gesamtkonzept für die Eisenbahn vor.

Stets war es so gewesen: Kam ein neuer Minister, kam auch ein neues Programm.

Da war natürlich klar, dass das Alte und Hergebrachte sich der Reform des Reformpolitikers Goethe zu widersetzen versuchte.

Schon durch die Einwirkungen Goethes wurde auf diesem Sektor der Staatshaushalt kräftig entlastet und er entwickelte sich in das Amt hinein; er nahm es sehr ernst, denn für ihn war es mehr als nur ein Amt.

Doch bald darauf mehrten sich Stimmen, die den Rücktritt des Ministers Goethes forderten.

Durch das Hin und Her, das er sehr bedauerte,

trat er von seinem Amt zu rück.

Nachher konnte man in einem sehr bekannten Nachrichtenmagazin lesen, warum, wieso und weshalb er gegangen worden war.

Darauf zog er sich wieder nach Weimar zurück.

19

Kaum war er wieder nach Weimar zurückkehrt, kaufte er sich ein Haus. Und eines Tages stand eine junge Frau vor seiner Haustür und bat ihn um ein Autogramm.

Maria hieß die junge Frau. Es war eine kleine zierliche Person; sie trug schwarze Naturlocken. Und Maria weckte bei ihm die schon eingeschlafene Ader der Poesie. Er nahm sie in sein Haus auf. Und irgendwo fand man einen Zettel, den er in dieser Zeit geschrieben haben musste:

Maria, ich flöge zu dir,
wenn ich dich nicht schon gesehen,
ach! ein Gott gab uns die Liebe,
und Maria, wo bist du?
Der Dichter steht neben deinem Wesen.
Und über den Wolken, den weißen,

strich meine Seele hinweg,
und suchte dein Wesen, ach!
Aber dein Wesen fand ich nimmer!

So sah Goethe Maria und Maria sah Goethe so oft, wie sie nur konnte. Maria lebte herrlich neben Goethe her. Seitdem sie bei ihm wohnte, führte sie ihm den Haushalt; und auch Goethe lebte in dieser Zeit recht herrlich dahin.

Während dieser Zeit besuchte er die Bibliotheken; denn ihm tat sich ein neues Feld auf und er studierte die Naturwissenschaften; er studierte die großen Wissenschaftler.

Ihm eröffnete sich das Feld der Quantenmechanik, der Relativitätstheorie; und so manchen Tag kam er nicht zum Vorschein. Und es war halt auch noch ein Wunder, dass er sich um Maria kümmerte.

Eines Tages fragte er, mehr so aus Spaß: "Maria, willst du mich heiraten?"

Darauf guckte ihn Maria mit ihren großen Augen an; sie überlegte, dann sagte sie: „Das ist eine schwere Frage, Johann Wolfgang. Überlege es dir noch einmal!"

„Ich hatte mit dieser Antwort wohl auch gerechnet; denn sonst, so glaube ich, hätte ich diese Frage nicht gestellt."

„Das kann ich mir denken, aber ich habe Angst vor einer Ehe mit dir! Mit einem gewöhnlichen Menschen nicht."

„Mit einem gewöhnlichen Menschen dann schon!"

"Aber was ist bei dir noch gewöhnlich?"

„Ach, das ist es nur", bedauerte Goethe, "und mehr hindert dich nicht daran, es zu tun?"

„Nein, eigentlich nicht!"

„Dann können wir doch ... "

„Du arbeitest an so vielem. Woran arbeitest du denn jetzt schon wieder?"

„Noch ist's ein Geheimnis!"

„Neugierig bin ich zwar schon, aber ... "

„Aber, nichts aber. Ich arbeite an der Fortführung von Plank und Einsteins Theorien, unter andrem. Ja, wenn ich es recht überlege, dann arbeite ich an einer einer vollkommen neuen Theorie. Ich nenne sie die Gravitationswellentheorie, in der Abkürzung GWT genannt."

„Das ist mir zu hoch. Denn davon werde ich nichts begreifen."

"Das glaube ich gern. Doch jede Theorie wird weiterentwickelt; dann im Laufe der Jahre kommen immer einmal neue dazu, ob sie nun auf den alten aufbauen oder sie stürzen!"

„Mein lieber Wolfgang, von solchen Sachen, die selbst manche Professoren nicht begreifen, verstehe ich nun wirklich nichts!", sagte Maria.

20

Kurz darauf legte Goethe die Theorie in seinen vielbeachteten Buch:

Grundlagen der Gravitationswellenphysik

der Welt vor.

Erst einmal wurde sie skeptisch aufgenommen, aber nachdem man die Richtigkeit der Theorie geprüft hatte, verstummten auch auch die letzten Kritiker.

Es folgt ein Auszug:

Die Lichtgeschwindigkeit, die mit der immer weiter fortschreitendenden Ausdehnung des Universums an Geschwindigkeit verliert - bis jetzt ist noch nie wirklich bewiesen worden, daß die Lichtgeschwindigkeit eine konstante Größe ist, und schon gar nicht bei den Entfernungen, die ein Mensch niemals erreichen kann -, hat mit der ihr eigenen Masse, die kaum meßbar ist, der gesamten Materie und dem Raum und der Zeit eine wichtige Aufgabe zu erfüllen. Sie bindet die Wellen und trägt sie durch das ganze Universum. Die Gravitationswelle ist zwar das schwächste Glied in allen Wellen, doch ohne diese Welle würde keine andere Welle sich im Universum verbreiten können. Sie trägt die Wellen des Lichtspektrums wie Züge auf einer Schiene dahin. Und so erreicht sie auch den Rand des Nichts, was aber auch kein Nichts ist, sondern eine Art supergewaltiger Hohlkugel - d.h, die gesamte Materie unseres Universums ist einer supergewaltigen Hohlkugel, die Milliarden und Abermilliarden von Lichtjahren nach unserem Verständnis entfernt ist, vorhanden. Und auf diesen Hohlspiegel treffen alle Wellen auf und werden in das Zentrum zurückgeworfen. Am Beispiel einer Seifenblase könnte man es darstellen. Nun weiß man, dass Vergleiche doch hinken; jedenfalls muss man sich das Universum als eine Art supergroße Seifenblase vorstellen, in deren Hohlraum wir uns befinden. Die Haut dieser Seifenblase ist diamantenhart und undurchdringlich für die Materie. Und von diesen Seifenblasen gibt es unzählig viele, sodass wir uns gar nicht vorstellen können, wie gewaltig das ganze Weltall ist.

Und wenn nun die Wellen den Rand des Universums erreichen, so werden sie wieder zurückgeworfen und werden, falls sie noch nicht von den mysteriösen schwarzen Löchern aufgesaugt, dort werden sie verdichtet, zu neuer Materie umgewandelt und durch die mit ihnen korrespondierenden weißen Löcher zur Geburt von neuen Sternen gebracht werden; ja sogar ganzer Sterneninseln und Sternengebiete, sodass es weder einen Anfang noch jemals ein Ende geben wird. Womit die Urknalltheorie beerdigt ist.

Da nun aber die Materie ausgestoßen wird aus den weißen Löchern, wie auch Materie in den schwarzen Löchern aufgesogen wird, gehen von diesen Löchern Druck- bzw. Sogstrahlen aus, die wir gemeinhin als Gravitationswellen qualifizieren können. Und innerhalb dieser kosmischen Umwandlungsstätten wird Energie zu Materie umgewandelt, wie auch im Universum die Materie selbst in Energie umgewandelt wird.

Würde es uns also gelingen, diese Strahlen, die uns alle umgeben, durch eine Maschine aufzufangen und in Energie umzuwandeln, hätten wir das Problem der knappen Energie, die uns auf Erden zur Verfügung steht, gelöst. Schon in den 70er Jahren des 20. Jahrhunderts wurde an einem Institut in München versucht, diese Gravitationswellen durch ein damals schon neu entwickeltes Laser-Interferometer nachzuweisen. Statt Kernkraftwerke zu errichten, sollte die Entwicklung der Schwerkraftwerke vor angetrieben werden.

Außerdem, wenn es die Gravitationswellen nicht geben würde, gäbe es auch nicht das uns bekannte Universum.

Nachdem sich die Richtigkeit der These herausgestellt hatte, führte die starke Beachtung dazu, dass er, Goethe, für den Nobelpreis für Physik vorgeschlagen wurde.

Als Goethe dies vernahm, lachte er etwas dazu.

Im gleichen Jahr, am 10. Dezember 20.., wurde ihm in Stockholm der Nobelpreis überreicht.

21

Was zieht mir das Herz so?
Was zieht mich hinaus?
Und windet und schraubt mich
Aus Zimmer und Haus?
Wie dort sich die Wolken
Um Felsen verziehn!
Da möcht ich hinüber,
da möcht ich wohl hin!
Goethe,   Sehnsucht

Goethe steckte den Zettel, den er gerade beschrieben hatte, in die Tasche. Er war und blieb vorerst ein Gefangener der Zeit.

Zwar wusste Maria um die geheimen Qualen, aber sie wusste nicht, woher sie für den Geliebten kamen; denn sie konnte das Unmögliche auch kaum begreifen. Und woher hätte sie es auch begriffen?

Maria war etwas kleiner als Goethe, der gleich einem Apoll neben ihrem Wesen stand.

Maria, die gesehen hatte, wie er das Papierchen wegsteckte, und ihn ge gedankenverloren in die Ferne schweifen sah, fragte: „Johann Wolfgang, woran denkst du?" Goethe schreckte auf. „Habe ich dich eben gestört?"

„Was ist eigentlich Störung", sagte Goethe. "Aber was fragst du?"

„Was du gerade machst?"

„Was soll ich machen? Ich denke, ich schreibe!"

„Was schreibst du, Johann Wolfgang?"

„Vielleicht an Gedichten, den gemalten Fensterscheiben."

„Gedichte über die Liebe?"

„Vielleicht."

„Kannst du mir nicht ein paar davon vorlesen?"

„Warum nicht?"

„Darf ich sie dann auch behalten?"

„Von mir aus!"

„Und sie sollen nicht gedruckt werden, versprichst du mir das?"

„Warum nicht? Doch höre mir zu!"

Goethe, der neben der jungen Frau saß, las der kleinen Maria die Gedichte bewegt vor und während des Vortrages sah Maria tief in seine Augen hinein, blickte in die Seele ihres Freundes, die weißgolden schien; sah, dass er sie wirklich liebte, aber auch wirklich liebte.

Da lacht die Sonne,
da lacht die Flur,
du bist die Wonne
von mir ja nur!

Maria, die sich nun an ihn geschmiegt hatte, sah mit ihren blauen Augen, die aus dem Gesicht wie Sterne strahlten, während er, Goethe, die Gedichte vortrug, lächelnd an; und so merkten beide gar nicht, wie sehr sie sich doch liebten, denn es war ganz entschieden zwischen ihnen, dass sie zusammenbleiben würden; auch konnte man nichts anderes annehmen, wenn man die beiden so dicht bei dicht sehen musste; denn Maria spürte schon die Haut ihres Geliebten und auch Goethe wurde von dem Gefühl erfüllt, einem Gefühl, das man Liebe nennt; er nahm, während er weiterlas, die Hand der kleinen Maria; Maria gewährte sie ihm, sie streckte die Hand aus, sie fühlte die Gegenwart ihres großen Geliebten und in ihr Herz schlich sich ein seltsames Gefühl herein, daß ihr zu sagen schien, ja vielleicht sogar befahl, dass sie ihn, sie weiß nicht, wie, bestimmt sogar, wenn es am Ende nicht sogar mehr war, nur liebte; denn sie konnte ja nichts dafür, dass sie ihm einmal begegnet war durch einen Zufall; aber vielleicht war dieser Zufall gar kein Zufall gewesen; vielleicht hatte es so sein müssen, und so oft sie ihm in die Augen schaute und seiner Stimme lauschte, der noch immer und weiter und weiter und ständig wieder Gedichte so hübsch rezitierte; sodass er zwar vorlas, sie aber dafür nicht mehr hinhörte; aber beide liebten sich.

Goethe legte den Zettel beiseite.

„Hat es dir denn gefallen?", lächelte Goethe.

„Es war sehr schön!", antwortete Maria, die ja eigentlich am Schluss nicht mehr zugehört hatte.

„Ist's etwas für dich?"

„Ach, ich weiß nicht, Johann Wolfgang; hast du das wirklich auf mich gedichtet?"

„Aber, Maria, zweifele nicht daran. Klar. Gewiss habe ich es auf dich gedichtet."

„Kannst du die Gedichte nicht wieder verbrennen, ja?"

„Das kann ich schon, doch warum? Als ich ein kleiner Junge war, da habe ich die Gedichte noch nicht gesammelt und so manches ist dabei verlorengegangen. Aber jetzt sammele ich eigentlich alles."

„Aber die Gedichte, du erlaubst doch, dass ich sie verbrenne."

„Das kannst du tun, doch ich könnte sie ja

wieder niederschreiben!"

„Bitte, bitte, tu das nicht!", flehte Maria ihren Geliebten an.

*

Erst vor kurzer Zeit hatte sich Goethe eine Staffelei gekauft; und nun wollte er sich doch einmal als Maler versuchen; darum wünschte er, Maria zu malen. Maria nickte nur.

Als er so in seine Malerei vertieft war, überhörte er das Summen an seiner Tür. Da er aber die Tür nicht so recht geschlossen hatte, konnte der Einlass begehrende Besucher eintreten.

Leise trat er hinter Goethe; er legte den Finger auf seinen Mund und gab damit Maria zu verstehen, dass sie nichts sagen sollte, denn er wollte Goethe überraschen. Schiller war gekommen. Der Schiller, den Goethe in Paris kennen gelernt hatte. Schiller sah über Goethes Schultern hinweg; er sah, was dort Goethe malte, dann nickte er, sodass wiederum Maria zu lächeln anfing.

Goethe sah überrascht auf Maria und fragte: „Was gibt's""

Doch Maria sagte kein Wort. Erst da fühlte er

die Gegenwart eines anderen; drehte sich um und sah seinen Freund dort stehen.

„Wo kommst du her?", rief er überrascht aus.

"Woher wohl schon? Aus Paris. Ich wohne immer noch dort!"

„Und was machst du hier?"

„Ich bin zur Uraufführung meines Stückes gekommen. Am Sonntag ist Premiere!"

Goethe nickte; Schiller fühlte, dass er in Goethe einem wirklich ungewöhnlichen Menschen begegnet war. Denn auch schon Napoleon sagte von seinem Zeitgenossen auf dem Erfurter Fürstenkongress: *Vous êtes un homme!*

Der junge Dichter fühlte, dass Goethe ein wahrer Mensch war, obwohl es nicht der Goethe war, der schon vor zweihundert Jahren gelebt und gewirkt hatte; aber immerhin, so dachte Schiller, es könnte wenigstens sein geistiger Bruder sein.

Es ist wirklich schade, dass dieses Jahrhundert den anderen Goethe nicht mehr erlebt hatte.

„Aber nun setze dich doch", forderte Goethe seinen Besucher auf. "Ich könnte dich auch einmal malen, da du nun gerade da bist!"

„Fotografieren reicht doch heuer aus!"

„Schon. Ich möchte dich aber gern einmal

malen. Die Fotografie hat sich im Lauf der Zeit auch schon zu einer Art Kunstgattung entwickelt, so wie die Malerei und die Schriftstellerei; denn am Anfang stand nur die Mitteilung der Menschen untereinander Pate bei der Geburt der Kunst. Und im Übrigen habe ich schon für meine Bilder bei Fotoausstellungen Preise erhalten!"

„So mag es gewesen sein", antwortete Schiller. „So hat sich auch der Film schon zu einer Kunstgattung entwickelt, obwohl es überall Kitsch gibt; aber das lässt sich kaum verhindern. Hast du übrigens Lust bekommen einen Film zu machen?"

„Ein Film?" Goethe sah überrascht auf.

„Ja, einen Film!"

„Lust, um ehrlich zu sein, habe ich schon!"

„Dann könnte man doch einen machen!"

„Zurzeit geht es bei mir nicht!"

„Ich weiß, dass ich dich nicht zwingen kann!"

„Das ist auch gut so. Ich arbeitet gerade an meiner Rede für Stockholm. Du weißt schon, wegen des Preises!"

„Und wann hältst du sie?"

„Im März!"

„Und das Thema?"

„Da ich mich im Sinne eines Weltbürgers fühle,

wird es über die Menschheit sein."

„Du hast immer schöne Themen!"

„Meinst du? Wer sucht, der findet auch immer etwas!"

„Wenn ich auch ein Goethe wär!", seufzte der Freund.

„Nun", sagte Goethe mit einem breiten Lächeln, „da ist es aber gut, dass es nur *einen* Goethe gibt; denn würden es zwei sein, so wäre der eine nicht so groß geworden!"

„Wieso, es gibt doch deren zwei!"

„Wirklich?", fragte Goethe verschmitzt, denn nur er allein wußte, dass der Goethe der einzige Goethe war.

Maria, die sich in die Küche zurückgezogen hatte, kam mit einem heißen Kaffee wieder, den sie in der Zeit aufgesetzt hatte, als die beiden allein waren. Bald zog der Duft durch das ganze Zimmer.

Goethe sagte etwas.

„Was sagst du, Johann Wolfgang?", fragte Maria, als sie die Tassen auf den Tisch stellte.

„Mir fiel nur ein Zweizeiler ein: Der tut zwar nichts zur Sache, aber trotzdem:

Wer niemals wagt, der nie gewinnt,
dem stets das Glück aus Händen rinnt!"

„Das ist schon wahr", sagte Schiller. „Wer nichts wagt, kann auch vom Leben nichts erwarten und nichts vom Glück."

„Das stimmt, denn wie viele Menschen mag es geben, die sich nur dahin- treiben lassen, die nicht wissen, was das Leben dem Menschen bieten kann, die einfach nur so in den Tag hinein leben, ohne ein Ziel zu kennen; nachher, zum Schluß ihrer Lebenslaufbahn, wundern sie sich, warum sie noch immer auf der gleichen Stufe stehen geblieben sind; und dann sind sie nicht zufrieden mit ihrem Erdenlos."

„Ja, das ist wohl wahr!" sagte Maria.

„Siehst du", antwortete Goethe, „der Mensch muß ein Ziel vor Augen haben, ob er es erreicht oder nicht, das ist eine andere Frage."

Nach dem Kaffeetrinken verabschiedete sich Schiller, ohne nicht vorher versprochen zu haben, für die Uraufführung Karten zu besorgen.

*

Als Goethe mit Maria wieder allein im Zimmer stand, fragte Maria: „Hast du noch die Gedichte?"

„Welche Gedichte?", fragte Goethe, denn im ersten Moment erinnerte er sich nicht mehr daran. „Ach die!"

Er gab sie der jungen Frau und Maria ging damit zum Tisch, stellte einen Aschenbecher darauf, hielt das Papier darüber, entzündete ein Streichholz und ein Raub der Flammen wurden die Gedichte.

„Wenn man so bedenkt", überlegte Goethe, „was alles geschaffen wurde und doch durch den Strom der Zeiten wieder der Vernichtung anheimfiel, muss man sich fragen, warum tut man das, was man tut; am Ende läuft es doch auf das Bretterhaus hinaus!"

Maria schreckte auf.

„Sollte ich das nicht sagen?"

„Ich bekam ein so komisches Gefühl, als du das Bretterhaus erwähntest!"

„Das geht nun einmal so, wir sind alle nicht davon befreit."

Er schaute nochmals die Geliebte an, als würde sich ein Bild von ihr in seine Seele eingraben wollen. „Und das ist vielleicht auch die einzige Gerechtigkeit auf Erden, die es gibt!"

„Wirklich", sagte Maria. „Die einzige Gerechtigkeit? Das ist doch wohl nicht ganz wahr. Manch einer stirbt früh, der andere, dazu noch reich, der stirbt spät; sage mir einmal Johann Wolfgang, wo bleibt beim Sterben die

Gerechtigkeit?"

„Ach. Maria, ich weiß nicht. Es ist aber alles schon so geordnet!"

22

Nun weilte er schon zum zweiten Mal in der schwedischen Hauptstadt. In Stockholm war er Gast der schwedischen Königsfamilie.

Die Rede, die Goethe hielt, wurde auch vom Fernsehen nach Deutschland übertragen.

Goethe trat an das Mikrofon:

„Sehr geehrte Damen, sehr geehrte Herren. Die heutige Rede, die mir schon lange auf dem Herzen liegt, möchte ich unter das Thema stellen: das Zusammengehörigkeitsgefühl der Menschheit."

Der Dichter dankte nach langem Beifall.

„Die Menschheit, die nun in der heutigen Zeit einen immer besser werdenden Kommunikationsverkehr zur Verfügung hat, ist in einem bisher noch nicht erforschten Maße auf internationaler Basis zusammengerückt - denn was irgendwo auf der Welt geschieht, das kann jeder Mensch in den Nachrichten am selben Tag, ja, noch zur gleichen Stunde erfahren, wie das Beispiel im September zeigte; und die Menschheit an sich, sie können wir nur als einen großen Körper sehen; eine große völkerverbindende Familie. Die Vereinten Nationen sind ein Beispiel dafür.

Es ist einfach nicht anders möglich, wenn sie weiterbestehen will, und das will sie ja, muss sieden bisherigen Weg fortsetzen.

Nun müssen die Politiker und Staatsmänner dem Appell auch folgen und erst recht den Mut zeigen, den sie immer wieder beschwören; denn erst dann kann man von einem freundschaftlichen Nebeneinander sprechen; denn noch sind die großen weltweiten Probleme nicht gelöst; man schiebt sie nur vor sich her. Und das bedauere ich sehr. Auf der ganzen Welt setzen sich die Unruhen fort und Terror herrscht überall; und das kann kaum zu einem glücklichen Ende führen; eher ist ein anderes Ende zu erwarten. Über dieses Ende brauchen wir nicht lange zu sprechen.

Nun muss ich wirklich sagen, dass die Politik weltweit, wie sie bisher die Vergangenheit gezeigt hat, der Vergangenheit angehören muss!

Zwar mag auf dem europäischen Sektor schon viel geschehen sein, aber bei Weitem ist das nicht genug! Hier in Europa sind wir auf dem Wege, einen gemeinsamen Staat zu schaffen, oder wir versuchen es und bemühen uns darum; aber das darf nicht auseinanderbrechen; denn dies kann ja viel schneller zerstört werden, als es unter schweren Umständen geboren wurde.

Die Lage der Menschheit ist zwar immer noch verworren, aber andererseits ist sie noch nie in einer solch großartigen Position gewesen wie gerade heute.

Da ich als Deutscher spreche, sollte nach über sechzig Jahren das deutsche Volk wieder in die alten Rechte eingesetzt werden, wie sie jedem Volk, jeder Nation zustehen. Hierzu wäre die UNO aufgerufen, denn jedes Problem wird behandelt, nur das gesamteuropäische Problem wird aus geklammert. Da muss man sich als einfacher Bürger doch fragen dürfen, ob es da nicht Mächte gibt, die an einer neuen Ordnung, die nicht gerecht ist, festhalten wollen.

Um diesen guten Willen zu zeigen, den sie immer vorgeben zu haben, könnten die hierfür verantwortlichen Staatsmänner einen gesamteuropäischen Friedensvertrag auf Grundlage des allgemeinen Völkerrechtes aus arbeiten; denn seit Ende des zweiten Weltkrieges sind, korrekt gesagt, die Einstellung der Kampfhandlung gegen das Deutsche Reich nur beendet worden. Auch die Feindstaatenartikel sind von seiten der UNO nicht beseitigt worden.

Indem immer wieder auf die Verwirklichung der Menschenrechte im Westen, Osten, Norden und Süden hingewiesen wird, wäre es nun hoch an der Zeit. große Taten folgen zu lassen. Man spricht vom Menschenrecht, aber gibt man dem Menschen die Rechte auch?

Wenn nämlich der Mensch keine eigene Meinung haben darf oder wenn die ihm selbst fremde Staatsmeinung aufgedrängt wird, so kann man nicht von einem menschenwürdigen Dasein sprechen.

Im Lauf der Geschichte hat sich gezeigt, dass man auf Dauer die freie Meinungsäußerung- nicht verbieten darf."

23

Du weißt, dass du, o Stern der Erde,
mich triffst in tief durchglühter Brust
und auch sogleich auf neuester Erde
fühl ich ganz die Frauenlust!

April. Nach Ostern. Goethe war aus Stockholm zurückkehrt.

Als er gerade in der Bibliothek zu Studienzwecken weilte, traf es ihn tief erschüttert.

Da man wusste, wo Goethe sich oft aufhielt, wurde ihm die Nachricht durch einen Bibliothekar überbracht. Der hatte einen Zettel in der Hand.

„Herr Goethe?", fragte dieser.

„Ja, was gibt's?", sah ihn Goethe an.

„Ich habe eine Nachricht für Sie! Ihre Freundin ..."

„Was ist mit meiner Freundin?"

„Ja, hier habe ich eine Nachricht!" Er gab ihm den Zettel.

Als Goethe den Zettel las, wurde er blass. „Ist Maria tot?"

„Ja, sie ist tot.", sagte der Bibliothekar. „Vor

einer halben Stunde fuhr ein Lkw, dessen Fahrer unter Alkoholeinfluss stand, in den Wagen Ihrer Freundin. Er nahm ihr die Vorfahrt an einer sehr unübersichtlichen Strassenkreuzung. Sie war sofort tot!"

„Maria ist nicht mehr!", hörte man ihn sagen, dann lief er aus der Bibliothek hinaus.

Und immer wieder wiederholte er den Satz: „Maria ist nicht mehr!"

Getroffen von dem Tod seiner Freundin, konnte ihn nichts mehr an Weimar binden, und er zog sich nach Frankfurt zurück.

Dort schrieb er den kleinen Roman:

„Mein Leben mit Maria".

Es war ein trauriges Buch und wurde ein Bestseller.

24

Auf dem Frankfurter Flughafen traf er durch einen Zufall Anne wieder, denn als er gerade nach Hamburg fliegen wollte, sah er eine Frau ihr Ticket vorzeigen. Der Mann, der das Ticket zurückgab, war etwas unvorsichtig, sodass der Flugschein auf den Boden fiel. Goethe bückte sich, um das heruntergefallene Papier aufzuheben. Dasselbe tat die Frau vor ihm. So kam es, wie es kommen mußte. Die beiden stießen aneinander.

Die Frau sah auf und erkannte ihn wieder: „Wolfi, du??"

„Was fällt Ihnen eigentlich ein", erwiderte Goethe etwas aufgebracht. Dann sah er die Dame genauer an und erkannte Anne wieder.

„Du! Wo willst du denn hin?", wurde Goethe neugierig.

„Ich will nach Hamburg, meine Mutti dort besuchen!", sagte Anne glücklich. „Und was treibt dich in die Hansestadt?"

„Ich soll dort einen Vortrag halten. Ich habe doch seit Neuestem einen Lehrstuhl an der Frankfurter Uni inne."

Beide gingen durch die Sperre und flogen nach Hamburg.

*

Anne und Goethe zogen nach einiger Zeit zusammen. In Sachsenhausen hatte er ein Haus erstanden. Und während dieser Zeit, im

Sommer, zehn Tage nach Annes Geburtstag, aber wiederum zehn Tage vor Goethes Geburtstag, wurde ihm eine Tochter geboren.

Beide einigten sich darauf, ihr den Namen Christiane zu geben.

Auch kam es oft vor, dass Studenten sich vor und manchmal auch im Hause Goethes versammelten.

Goethe diskutierte mit ihnen, denn sie teilten nicht seine Ansichten, die er, begründet auf die Geistesaristrokratie, mit dem Entwurf einer neuen Gesellschaftsordnung entwickelt hatte.

„Der Mensch", so sagte Goethe, „kann nur durch sein eigenes Tun zur Reife geführt werden!"

25

In den späteren Jahren war Christiane schon zu einer kleinen Persönlichkeit herangewachsen und wurde überall bewundert.

„Du denkst wohl gerade an unsere Tochter?", fragte Anne ihren Mann -denn inzwischen hatten Goethe und Anne geheiratet - an einem Sonntag nachmittag, bei einem Spaziergang.

„Ja", sprach Goethe.

„Du machst dir also Gedanken um unsere Tochter?"

„Wer macht sich die als Vater nicht?"

Christiane kam ihnen entgegengelaufen.

„Willst du immer noch dein Lieblingsfach studieren?", fragte der Vater.

„Aber, Daddy, was fragst du nur? Glaubst du, wir sind im 18.Jahrhundert."

„Da hast du recht, Christiane", erwiderte Goethe.

„Und du weißt doch, wie gerne ich in Paris studieren möchte!"

„Das kannst du tun, denn was soll ich dagegen sein? Du setzt deinen Willen ja doch durch! Typisch Frau!"

„Daddy, das tue ich!"

Christiane hatte schwarze Haare und grünliche Augen. Und so schritt sie leichten Schrittes neben ihren Eltern her.

26

An einem Abend gab die Wiener Philharmonie ein Gastkonzert mit Beethovens 9.

Auf Drängen Annes sollte Goethe mit in das Konzert gehen, und das, obwohl er keine Lust dazu verspürte.

Schon bei den ersten Tönen bekam er das Gefühl, in seinem tiefsten Innern, da er es ihn verstanden hatte, der Musik Beethovens auszuweichen, ob er nicht dem Meister bereits begegnet wäre oder ihn doch noch treffen würde.

Als aber dann der Schlusschor mit Schillers Ode an die Freude erklang, konnte er es nicht mehr ertragen, und leise schlichen sich Tränen über seine Wangen; stand auf, begab sich nach draußen, in das Foyer, und kam nicht wieder herein.

Diese Musik war für den großen Geist zutiefst erschütternd gewesen; er konnte nicht mehr den Tönen lauschen und er nahm sich vor, niemals mehr diese Musik zu vernehmen, sei es im Konzertsaal, sei es auf einer CD; o nein, nimmer wollte er dieser gewaltig dahinströmenden Musik zuhören.

Frau Goethe fand ihren Mann im Foyer . Christiane kam auch herbei.

„Daddy, was hast du?", fragte sie, denn sie sah, dass ihr Vater geweint hatte.

„Diese Musik, o Gott, sie rührt mich zu Tränen!"

„Aber, Daddy, so etwas habe ich von dir gar nicht erwartet."

„Ja", sagte Goethe, holte sein Taschentuch aus seiner Tasche, um sich die Tränen damit abzuwischen, „man kennt mich doch noch immer nicht! Ich höre diese Musik nie wieder!"

Und was er beschlossen hatte, tat er dann auch. Nie wieder hörte er Beethovens Musik.

27

Meine Frau heute Morgen verschieden. In mir ist alles leer, notierte Goethe kühl in sein Tagebuch an einem frühen Morgen des Jahres 20xx.

Christiane traf die Nachricht in Paris; sie tröstete den Vater, den, während seine Frau gestorben war, ein Fieber niedergeworfen hatte. Auch die Tochter war erschüttert.

Danach wurde es stiller um Goethe, der nun nicht mehr an der Uni lehrte.

Schiller, sein Freund, schlug ihm vor, die lange geplante Weltreise zu un unternehmen, die er immer wieder hatte aufschieben müssen.

28

Goethe und Schiller bereisten also die Welt. Sie besuchten die Vereinigten Staaten. Kamen nach Japan, China und viele andere Staaten besuchten sie.

Die Weltreise beendete er in seinem Wohnort, wo er sich nach dem Tod seiner geliebten Frau hingezogen fühlte, Weimar.

Über allen Gipfeln
Ist Ruh,
In allen Wipfeln
Spürest du
Kaum einen Hauch;
Die Vögelein schweigen im Walde.
Warte nur, balde
Ruhest du auch.

Goethe,   Ein Gleiches

Als Goethe dies im Sommerhäuschen in den Ilmenauen gelesen hatte, bat er einem Nahestehenden um einen Stift, den man ihm reichte, und er schrieb darunter:

Vorbei ist sein Leben,
meines beginnt soeben!

Hierauf begab man sich zu dem bereitgestellten Wagen, den ihm die thüringische Landesregierung und die Stadt Weimar zur Verfügung gestellt hatte.

Mit dem Bürgermeister der Stadt Weimar besuchte er das Goethehaus am Frauenplan.

Obwohl er schon öfter hier drin verweilt hatte, spürte er, wie seine Vergangenheit über die Gegenwart noch in die Zukunft reichte.

Sollte er denn wirklich hier gelebt haben? Hatte er hier mit Christiane Vulpius gelebt? Wurde ihm nicht hier ein Sohn geboren? Das war doch wohl nicht er gewesen; denn er ist doch nie in Weimar angekommen - oder etwa doch?

Er sah die Originalhandschriften des großen Dichterfürsten und sie glichen seiner Handschrift verblüffend.

Ja, vor Jahrhunderten war Weimar noch unbedeutend gewesen , doch dank Goethes

Gegenwart wurde es zu einem kulturellen Mittelpunkt der damaligen Welt.

Nachmittags stand die Besichtigung der Gräber auf dem Programm.

Goethe weigerte sich anfangs, dorthin mitzukommen, aber durch die Gegenwart seines Freundes gestärkt, der anfangs gesagt hatte, dass er, Goethe, unmöglich die Stadt vor den Kopf stoßen könnte; dass er, da er nun einmal sowieso ein Bürger der Stadt gewesen war, auch die Gräber besuchen müsste.

Und als er an den Sarkophagen der beiden großen Dichter stand, kam ihm wieder die Erinnerung und er fragte sich, was das ist, die Unsterblichkeit? Die Unsterblichkeit ist relativ, solange es jedenfalls eine Menschheit gibt, so lange gibt es auch diese.

Dann dachte er an Aristoteles, der einmal sagte:

„Der Mensch kann viel erreichen,
der Mensch kann alles erreichen,
aber das Größte,
was der Mensch erreichen kann,
das ist die Unsterblichkeit.“

Dann ging man.

Von Weimar fuhr man direkt nach Frankfurt zurück.

Schiller brachte nachher das Werk über die Reise heraus:

> Goethe sieht die Welt -
> die Welt sieht Goethe.

29

Nun endlich ... Goethe beginnt sein Hauptwerk, das dramatische Gedicht, niederzuschreiben. Im Aufbau ähnelte es dem großen dramatischen Gedicht, dem Faust.

Hatte er da heimlich eine Anleihe aufgenommen?

Nachdem der erste Teil fertiggestellt war, wurde das Werk auch für unaufführbar gehalten. Goethe aber lachte!

Und eines Tages, als wieder Schiller bei ihm weilte, zitierte er folgende Stelle:

O seht den Schimmer
eitler Werte
ach, seht das Flimmern eitlend Tands,
lass uns erst seh'n
und dann erst richten
was sich auf Bühnen bildet ganz.

„Ja", sagte Goethe, „es ist einfach noch nicht heraus, ob das Werk unaufführbar ist, doch allein es scheint mir sehr wahrscheinlich. Und falls es doch zur Aufführung kommen sollte, erst nach meinem Tod. Ich würde auch jetzt die Zustimmung nicht geben; vielleicht, weil ich mich davor fürchte."

„Das darfst du nicht sagen!", erwiderte Schiller. „Ich würde es gern einmal auf der Bühne erleben; aber es liegt ja an dir, ob und wann das Werk zur Uraufführung gelangen wird!"

„Du hast schon recht. Zum Beispiel habe ich hier geschrieben ..." Und Goethe blätterte im Manuskript umher. Dann las er vor:

„So lasst das Spiel dort neu beginnen,
wo der Mensch den Schluss gesetzt;
es kann stets nur der gewinnen,
der sich niemals überschätzt.
Drum muss der Mensch sich selbst befrei'n

von seinen Vorurteilen,
dann darf der Mensch erst Mensch wohl sein,
dann darf er hier verweilen!"

„Ja, das ist schon recht!", sagte Schiller. „Aber trotzdem, das Leben ist immer voller Überraschungen und niemand weiß, was morgen kommen mag!"

„O ja, da ist wahrlich gut, dass wir's nicht wissen dürfen; allein wir möchten's nicht mehr tragen. Und weil wir es nicht wissen, können wir das Leben auch Leben heiß'n!"

„Du hast gelebt, du ja!", sagte Schiller.

„Stimmt. Ich habe auch gelebt, und vielleicht sogar zwei Leben!"

Goethe zitierte wieder:

„Voll der Dramatik ist das Leben,
voller Handeln unser Tun,
stets müssen wir uns weiterbilden,
da gilt es nicht auszuruh'n.
Und das Leben in voller Blüte
gleichet einer Wundertüte!"

Schiller sah Goethe in die Augen, und aus den Augen strahlte Weisheit und er fühlte die hohe Würde.

„Und den zweiten Teil, wann schreibst du den?"

„Ich habe Angst", sagte Goethe. „Ich habe wirklich Angst davor, den zweiten Teil fertigzustellen, denn schon so kann ich es nicht fassen, dass ich den ersten Teil vollendet habe. Aber ich muss den zweiten Teil verfassen, denn ohne diesen ist der erste Teil ein Nichts, ein Torso, ein halber Herkules. Und wie ich diesen im Konzept vorliegen habe, wird es noch eine ganze Weile dauern, bevor das Werk vollendet ist."

„Hast du schon daran geschrieben?"

„Schon. Allein noch ist's nicht reif zum Drucke; denn wie gesagt, ich fürchte mich davor, jemals weiter zuschreiben. Das vollständige Manuskript werde ich erst nach meinem Tode veröffentlichen lassen!"

„Mir kannst du den Plan schon mal zeigen!"

„Gewiss, ich kann ihn dir zeigen, komme morgen wieder zu mir!"

Goethe legte das Manuskript beiseite.

Doch am nächsten Tag konnte Schiller nicht mehr kommen; denn kaum dass er zu Hause war, fühlte er sich unwohl und ein Arzt musste gerufen werden. In der folgenden Nacht starb Schiller überraschend.

30

Nach dem Tod von Schiller war es einsam um Goethe geworden; aber dafür trat Liebermann in sein Leben ein. Ihn hätte es gar nicht gewundert, wenn er auch noch Eckermann geheißen hätte; aber Liebermann lachte, als er das hörte.

Und durch Liebermanns Bemühungen konnte Goethe die Arbeit an seinem dramatischen Gedicht wiederaufnehmen, da er es seit Schillers Tod beiseitegelegt hatte.

Liebermann, der das Werk entstehen sah, konnte nicht umhin Goethe zu fragen, worin denn nun der Gipfelpunkt des Werkes zu finden sei; und Goethe antwortete ihm, dass der Mensch als solcher, wie er nun einmal ist, das Leben nur ertragen kann, wenn er die Frage nach dem Sinn des Lebens stellt, auch wenn er den Sinn nicht erkennt, aber sich bemüht, ihn zu erkennen, denn so allein habe er schon dadurch gewonnen.

„Liebermann", fuhr Goethe in seiner Erklärung fort, „so ist´s nun einmal auf dieser Welt, der wahre Geist ist stets nur wenigen vorbehalten!"

Wieder, wie er es immer tat, rezitierte er:

„So wie die Kraniche am Himmelsbogen
auf ihren Schwingen dahingeflogen,
unser Geist den Vögeln gleicht,
man sieht ihn nicht, man ahnt ihn nur,
derweil, so ist nun einmal die Natur,
uns ihn zum Verstande hat gereicht!
Er schwingt sich auf, er schwingt sich nieder,
und eines Tages, da kehrt er wieder!

Der Geist, als solcher hat immer nur wenigen Menschen, bezogen auf die ganze Menschheit, die nun schon immerhin mehrere Milliarden Individuen umfasst, einen Platz, einen guten, auf der Erde gesichert."

„Aber die vielen Geister, die etwas ... " warf Liebermann ein.

„O ja, die vielen Geister! So viele Geister sind's nun wahrlich nicht; denn man muß sich vor Augen halten, dass die Menschheit, die doch auf der Erde lebt, und diese kleine Minderheit, nicht an dieselbige Masse heranreicht; denn man sieht nur die Spitze, und den langen Stil sieht man nicht, aber ohne diesen Stiel nicht die Spitze. Und ein großer Teil der Masse meint doch, ich habe es irgendwo einmal gehört, das alles sei keine produktive Arbeit und vielleicht mögen sie auch, in ihrem Sinne recht haben; aber ohne

Kunst, was wäre die Menschheit auf dieser Welt nur? Sie wäre geistig arm geblieben und diese vielen Künstler sind dann in Wahrheit nur eine verschwindend geringe Menge, die, wenn sie keine Werke schaffen würde, erst einmal nicht wüsste, dass es sie gäbe, und zum andern ist es ja als Ausgleich von der Natur gedacht, dass von diesen Künstlern immer noch eine Auslese stattfindet, und erst diese Elite schafft unsterbliche Werke. Die Chinesen haben eine Wahrheit geprägt, die da lautet: ‚Mit den Malern, Dichtern und Musikern ist es wie mit den Pilzen. Auf einen Guten kommen zehntausend Schlechte.' Allein, letztens sind auch die guten Künstler, bezogen auf die Dauer des gesamten Universums zum Untergange verurteilt; denn so kann man nicht sagen, dass diese Menschen unbedingt unsterbliche Werke schaffen; allein die Unsterblichkeit als jedwede, die wir kennen, ist ja relativ. Man schafft zwar unsterbliche Werke, aber die Menschen, die dies geschaffen haben, gehen auch zugrunde, wie alles auf der Welt zugrunde geht, und zum allerschönsten Schluss geht auch diese Welt mitsamt seinen Werken unter. Und dann ist nichts mehr da, was an eine Menschheit erinnert."

„Doch die Religionen lehren, dass der Mensch seinen Himmel hat."

„Wer darf nach Religionen fragen? Das ist ein gar weites und ein gar zu giftiges Feld. Ich weiß, wenn es einen Gott geben sollte, dann muss er mich nehmen, so wie er mich gemacht hat; er kann nicht einfach sagen, dass der Mensch unbedingt einer Religion angehören muss. Denn sollte es wirklich schon Gott sein, wie es das Neue Testament lehrt, so soll auch für mich eine Wohnung bereitstehen; eben, weil ich nicht aus meiner Menschenhaut herauskann."

„Also sind im Wesen alle Religionen gleich?"

„Im Wesen schon! Sei es der Buddhismus, das Christentum, der Islam; alle lehren doch das eine. So ist es dann doch auch egal, ob wir einer Religion angehören oder nicht; denn die Religionen geben einem Menschen das Gefühl, dass es ein Weiterleben nach dem Tod gibt! Ich weiß nur, daß mit dem letzten Atemzug unser Leben auf Erden endet."

„Ich weiß nicht so recht. Ich mag nicht daran glauben! Ich kann mir auch nicht vorstellen, dass alles, was wir auf Erden geschaffen haben, vorbei sein soll, einfach vorbei!"

„Liebermann, dass Universum besteht schon seit Milliarden von Jahren, vielleicht hat es auch

gar keinen Anfang, weil es schon immer da war,
und es geht nach Milliarden von Jahren unter
oder auch niemals. Was wissen wir schon und
unsere allwissenden Wissenschaftler. Wo sollen
wir leben? Wo? Ich kann mir nur denken, dass
das Universum sich wieder neu bildet, aber das
ist ja alles nur eine Theorie. Wir beide werden
die Wahrheit wohl nie erfahren. Ich könnte es
auch so sagen:

Da stürzen die Sterne
in Flammen
zusammen;
alles vergeht,
nichts besteht;
keiner kann's halten,
ohnmächtiges Walten
der Gestalten
in allen Zeiten
größerer Weiten,
die dort verwehn!
Die Sonnen
sind tot,
die Wonnen
in Not.
Ein großer Knall,
ein ew'ger Schall

mit Freuden durchdrungen
gebiert sich das All!
Der Zyklus
beginnt;
ein Kuss,
er zerrinnt!
Das Ew'ge neu,
das Neue ist treu!
Alles nun strebt,
ein Gott, der's belebt
mit größeren Stärken
zu neuerem Werken
auf dass es genial sich erhebt.
Das Leben beginnt,
ein Mensch, er gewinnt,
empfängt gar die Lust
schon von der Mutterbrust,
die langsam zerrinnt.
Der erste Schrei,
der Mensch ist frei
aus Kindermund
in den Erdenrund!
Sein Geist wird rege,
geht neue Wege,
denn er erkennt
was leis' verbrennt.
Erkennt sich selbst;

ja, er sieht –
welch Staunen –
den Schöpfer raunen,
und – flieht!

Ja, mein lieber Liebermann", fuhr Goethe fort, „so mag es vielleicht einmal kommen. Die Menschheit, welche es auch immer sein mag, die mag unsterblich sein, aber der Mensch samt seinem Ursprungsplaneten Erde wird untergehen; nur durch die Aminosäuren, die in einem All sich bilden, wird auch in einem zukünftigen Weltall eine Menschheit sich bilden lassen. Wie diese nun aussehen mag, das wissen wir nicht; denn sie kann ja auch ganz anders aussehen und ganz anders denken als wir; eben das alles wissen wir nicht, können es auch nicht wissen!"

„So ist alles relativ?"

„Es muß sogar so sein, denn wie Einstein schon lehrt. Die Frage, wie alt unser Universum wirklich ist, das kann kein Mensch beantworten, auch wenn es die Wissenschaftler behaupten!"

„Vielleicht gibt es dann doch einen Schöpfer oder Gott?"

„Einen Schöpfer? Ich weiß nicht so recht! Denn dann wäre es ja ein parteilicher Gott oder wenn es einen Gott gibt, nun ja, dann hat er auch bei dieser immensen Ausdehnung des Universums gerade noch Zeit, auf uns aufzupassen, auf uns kleine Menschlein."

„Aber die Religionen!", wiederholte Liebermann wieder..

„Ja, die Religionen verstehen es einfach nicht besser. Und außerdem müssen sie sich wandeln; das ganze Bild passt doch einfach nicht mehr in unsere Zeit hinein, da der Mensch den Flug aus seiner Kinderstube in sein Jugendzeitalter getan, bis er sich vollkommen geläutert hat."

„Aber man versucht's!"

„Richtig. Man versucht's. Doch die Evolution, die in unserer Zeit einen beängstigenden Sprung gemacht hat, lässt es doch nicht zu. Wir sind erst aus der Höhle gekrochen, wenn ich mal so sagen darf, und haben erst das Feuer entdeckt, das atomare; sind auf dem Mond spazierengegangen und können gerade die Weiten des Alls begreifen; allein was ist das schon!"

Goethe, der im Zimmer auf und ab ging, sah immer wieder auf Liebermann, der, hinter einem Schreibtisch sitzend und öfter an Goethe heraufsah, diesen Diskours niederschrieb.

Unruhig geworden durchstreifte Goethe mit seinen Augen das Zimmer und der Blick heftete sich an das Fenster, das zum Garten herauslief.

Draußen sah er spielende Kinder. Er dachte an seine Kindheit zurück.

Ach! Wie lange lag das nun schon zurück!

Er sah ein Kind über den Zaun steigen und das Kind versuchte dann, an einem Apfelbaum, der voller reifer Äpfel hing, einen Apfel zu pflücken. Goethe lächelte nur und in seinem Gesicht erschien eine eigenartige Zufriedenheit. Das Kind versuchte, einen der hohen hängenden Äpfel zu erreichen. Immer wieder versuchte es das Kind, aber es wollte nicht gelingen.

Goethe, der dem Spiel eine Weile zusah, öffnete, da das Kind keinen Apfel herunterbekam, es aber weiterhin mit einem Stock versuchte, das Fenster und rief hinaus.

Das Kind wollte erschreckt davonlaufen, aber Goethe rief hinunter: „Komm einmal her! Du brauchst keine zu Angst haben!"

Dann trat das Kind scheu unter das Fenster vor den berühmten Mann.

„Hast du denn Angst vor mir?", fragte er.

Das Kind bejahte stumm mit dem Kopf.

„Du brauchst auch wirklich keine Angst zu haben, den Kopf werde ich dir wohl kaum abreißen!"

„Jetzt habe ich auch keine mehr!", sagte der Knabe.

„Warte hier!", befahl Goethe.

Das Kind nickte wiederum.

Goethe trat in das Zimmer zurück und ging auf eine Obstschale zu, die auf einem Tisch stand, nahm einen rotbackigen Apfel heraus, trat wieder auf das Fenster zu und gab dem Knaben, der unter dem Fenster stand, den schönen Apfel.

„Danke!"" sagte der Junge und lief fort.

Goethe schloss das Fenster, trat auf Liebermann zu: „Morgen ist's beendet!"

„Morgen schon?", fragte Liebermann.

„Es war auch ein hartes Stück Arbeit!"

„Und nun?"

„Das Werk soll nach meinem Tod veröffentlicht werden; aber vorher werde ich es versiegeln!"

„Aber die Welt wartet auf das Werk!"

„Die kann warten!"

31

Jetzt hatte er die letzte Seite geschrieben. Und behutsam legte er das Blatt auf die anderen Blätter und heftete alles zusammen. Er rief Liebermann, der kurz darauf ins Zimmer trat.

„Wollen wir es nun versiegeln?", fragte Liebermann.

„Aber vorher möchte ich noch diese Stelle zitieren, denn wie es mir scheint, wird das Werk im Großen wie im Ganzen so sein:

Ihr noch unfertig-wertige Werke,
habt ihr denn noch nicht entdeckt,
dass eure große Götter-Menschenstärke
euch nur an den Staub geleckt!

Ich möchte meinen, das Werk hat zwar einzelne zusammengehörende Bilder, aber wiederum ist es ein Ganzes, vom ersten Teil bis zur letzten Zeile des zweiten Teiles; und manchmal möchte ich halt ausrufen wie jener dort:

Ist euer Wesen durch Umhergefangenes
nicht etwa gar am Durchzudrehen;
ist der denkende Mensch denn schon am Ende;
sage mir doch einer nur, wie ich das als Genius
fände?
Den großen Kreis der Menschheit,
ihn habe ich gesehen
in diesem Erdenjammer,
nun endlich darf ich untergehen
in dieser düsteren Kammer!

Und so mag es wohl auch kommen. Wie leicht scheint es mir doch nur!"

„Aber Herr Goethe, sagen Sie so etwas nicht! Ein so schnell dahin geworfenes Wort kommt doch am Ende den höheren Mächten zu Ohren. Es ist unbestritten ... "

„Lassen wir's gut sein; gegen diese Mächte können wir uns doch nicht wehren; allein was soll uns dieser nutzlose Diskurs; ändern können wir es ja doch nicht, so sehr wir uns auch darum bemühen mögen. Es mag Menschen gegeben haben, die eine Verlängerung ihres Lebens erfahren konnten ten; aber das Leben endet einmal doch, also, was soll's?"

„So stehen wir an der Schwelle zum Nichts!"

„Und was mag es sein: das Nichts?"

„Wollen wir nicht darauf eingehen, Herr Goethe, denn viele Menschen mögen schon ihren Verstand dabei verloren haben?"

„Es mag eine weite Thematik sein, Liebermann. Denke ich doch nur, dass das Nichts im Gleichzeitigen existiert; also, das Heute ist das Morgen, wie der Morgen, der kommen wird, nicht schon heute ist!"

„So etwas gibt es doch nicht!"

„Das meinen sie vielleicht. Ich weiß es doch anders. Denke ich doch an Nostradamus!"

„An den großen französischen Seher .
Warum?"

„Denken wir an seine Weissagungen!"

„Da begeben wir uns ja in den Bereich der
Parapsychologie!", erwiderte Liebermann.

„Das tun wir. Und denken wir doch nur wie
viele seiner Weissagungen sich schon erfüllt
haben. Und in dem Buch findet sich auch die
Zeile über Napoleons Erscheinen. Wie wir heute
wissen, gab es diesen Mann, obwohl im 16.
Jahrhundert noch nicht an ihn zu denken war.
Ich hatte schon meinen Faust sagen lassen: *Und
dies geheimnisvolle Buch von Nostradamus
eigner Hand, ist dir das nicht Geleit genug?*
Heute würde ich es anders nennen; zwar ist die
Welt wie eine große Bühne, da gibt es viele Sta-
tisten, wenigen sind nur die Hauptrollen
vorbehalten. Und jeder spielt seine Rolle. Und
wenn der große Genius der Zeit das Stichwort
für den Auftritt gibt, so treten die Akteure auf –
und fangen an zu spielen. Vielleicht hat
Nostradamus die Gesichte wie in einem
historischen Film erlebt; und heute möchte ich
es so nennen: Und das göttliche Drehbuch von
Nostradamus eigner Hand ist dir das nicht Geleit
genug?"

Dann ging er zur Hausbibliothek hinüber, nahm

ein schmales Bändchen heraus. Gab es Liebermann.

Liebermann las darin. „Jetzt kann ich es verstehen!"

„Und wenn die Prophezeiung sich erfüllt, so war die Grundlage schon vorgegeben! Die Wirkung, das geschriebene Wort ist vor der Ursache, der Tat, eingetreten. Denn ohne Tat oder Handlung keine vorgegebene Weissagung: Nostradamus, wie auch jeder andere Seher, konnte nur etwas voraussehen, was sich für ihn und für uns ja erst in der Zukunft erfüllen würde. So dürfen wir davon ausgehen und ruhig sagen:‚Was erst morgen geschehen wird, es ward gestern schon geschehen!"

„So ist vielleicht unser ganzes Leben ein Kreislauf", bemerkte Liebermann zu dem Thema.

„Stimmt. Und bei mir wird der Kreis sich bald schließen; jedenfalls für dieses Jahrhundert. Und mein Herbst beginnt oder auch ein neuer Frühling, nun, wie man's nimmt!"

„Aber, aber, Herr Goethe, das dürfen Sie nicht sagen!"

„Warum eigentlich nicht. Doch, mein lieber Liebermann, denn es scheint mir aber doch so zu sein; denn es steht mir bald eine lange Reise bevor!"

„Wohl nicht morgen schon?"

„Ich vermut's. Als ich, als mein Kollege vor zweihundert Jahren den Faust verfasste und ihn auch vollendete, da dachte er daran, selbst hundert Jahre alt zu werden; manchmal muss man sich fragen, warum das alles so ist, wie es ist. Es hätte ebenso gut doch auch ein Fragment bleiben können. Ob nicht Einstein recht hatte, als er sagte: ‚Ich kann mir nicht vorstellen, dass Gott um die Welt mit Würfeln spielt!' Und wenn doch, so kann man mit Sophokles darauf antworten: ‚Die Würfel Gottes fallen immer richtig!'"

„Aber hier liegt der Fall doch wesentlich anders!"

„Wer weiß das denn so genau?", antwortete Goethe.

32

Der alte Goethe dachte zurück. Einstmals, so erinnerte er sich, da war er mit einer Equipage in dieses Zeitalter gelangt und später wurde sie nach Frankfurt überführt; und nun musste diese wohl irgendwo in einem verstaubten Winkel ihr Dasein fristen. Darum bat er Liebermann, nach der Equipage zu suchen. Diese fand er auch.

Danach bat der Dichter, dass doch Liebermann den Kutscher machen sollte. Liebermann sagte zu; denn er, Goethe, wollte sich noch einmal in die alte Zeit zurückversetzen lassen.

An einem Novembermorgen sollte es sein.

Christiane, die auf einen kurzen Besuch in Frankfurt weilte, wollte gern mitfahren, als sie das hörte. Doch der Vater weigerte sich, aber die Tochter drängte ihn so lange, bis er nachgab.

Der Tag kam heran. Schon saß Liebermann auf dem Bock. Goethe und Tochter saßen im Coupé.

Wehmütig dachte Goethe daran zurück, schmunzelte wie er daran dachte, was er erlebt hatte.

Ach, ach, es ist schon so lange her. Und wie lange mag ein Menschenleben dauern? Eine Ewigkeit, vielleicht? Und was ist überhaupt die Ewigkeit, was ist die Zeit? Vielleicht doch das rätselhafte Nichts.

„Daddy, was sagtest du eben? Sag's mir bitte!", wollte Christiane gern wissen, die etwas gehört, aber nicht verstanden hatte und nun ihren Vater von der Seite ansah.

Goethe, der aus einem kleinen Schlummer

geweckt wurde, sah nun erst einmal durch das
Fenster; sah, dass ein Nebel am frühen Morgen
aufkam, drehte langsam den Kopf, blickte die
Tochter an und sagte einfach nur:

„Woher wir kamen,
wohin wir gehen,
wer weiß es?"

33

Die Equipage wurde durchgeschüttelt und der
junge Goethe sah wieder einmal nach draußen.
Gott sei Dank, der Nebel hatte sich gelichtet.

Goethe, der aus einem kleinen Schlummer
geweckt wurde, dachte nach. Allein was auch
eben geschehen sein mochte, dass wußte er nicht
mehr zu sagen; denn hatte er nicht eben, vor
kurzem Frankfurt verlassen, ein großes
Frankfurt? Aber so oft er sich jetzt daran
erinnern wollte, ihm fiel es einfach nicht mehr
ein. Es war etwas geschehen, doch nur was?

Er, der sich jetzt wieder im 18.Jahrhundert
befand, hatte vor gar nicht allzu langer Zeit die
Leiden des jungen Werthers geschrieben; aber
an den seltsamen Traum, den er doch gern
niedergeschrieben hätte, konnte er sich nicht

mehr erinnern, oder war es gar kein Traum gewesen. War es eine Wirklichkeit gewesen, die er da erlebt hatte. Aber nein, so etwas kann es nicht geben.

Nach längerem Nachdenken wischte er den Gedanken beiseite und leise murmelte er vor sich hin, wie er es immer zu tun pflegt, wenn er dachte.

Kein Wesen kann zu Nichts zerfallen!
Das Ewge regt sich fort in allen,
Am Sein erhalte dich beglückt!
Das Sein ist ewig: denn Gesetze
Bewahren die lebendgen Schätze,
Aus welchen sich das All geschmückt.
Das Wahre war schon längst gefunden,
Hat edle Geisterschaft verbunden,
Das alte Wahre, faß es an!

Goethe,   *(Aus Vermächtnis)*

Nun wollte er das rätselhafte Gedicht niederschreiben; allein es war ihm kurz darauf aus dem Gedächtnis entschwunden. Obwohl er sich sehr bemühte, er konnte es nicht auf Papier bringen. Es war ihm so wie der Traum entfallen.

(1829 verfasste Goethe dieses Gedicht.)

Aber von nun an rollte die Equipage endgültig mit dem schon berühmten Dichter nach Weimar. Endgültig ...?

E N D E

wirklich ... ???